大唐梟雄
卷·6
義璧重圓
方白羽著

大唐秘梟

卷·6 義璧重圓

目錄

鉅子

第一章

厲不凡遲疑道：

「《墨經》記載，墨門弟子需推選德才皆備的智者為鉅子，推舉、眾議、遴選當是墨門鉅子產生的第一規矩。」

季如風點點頭，指向任天翔道：

「現在我推選任天翔出任墨門鉅子，不知合不合規矩？」

殘風怒號，夜色蕭蕭，淡若薄霧的月光，為朦朧的山巒點染上了一層些微的銀色。那座墓中藏墓的荒塚，早已被徹底填埋，沒有墓碑，沒有標誌，不過任天翔還是一眼就認出，任重遠就是葬身於此。

第一次，任天翔對著任重遠跪了下去，恭恭敬敬地三叩首，為這些年來的誤解，也為自己從未叫過他一聲「爹」、為自己的叛逆和不孝而愧疚。可惜現在一切都已經太遲，他只能在心中默默道一聲——爹，對不起……

胸中如壓塊壘，卻又欲哭無淚。回想他生前的點點滴滴，才發現記憶是如此的模糊。甚至都還沒來得及真正瞭解和認識，就已經與他天人永隔。從小就埋下的仇恨種子，徹底蒙蔽了任天翔的眼睛，讓他對任重遠只有偏見，沒有親情，直到真相大白，才追悔莫及。

任天翔覺得必須為父親做點什麼，才能稍稍減輕心中的愧疚。但任重遠是死於母親和外公的陰謀詭計，這血債沒法用血來償還，他直到死也沒有吐露凶手的名字，想必也是不想讓人為他報仇，他對母親的深情由此可見一斑。

但是這個世界欠他一個公道！任天翔在心中默默發誓，作為他寄託了全部希望的兒子，必須要為他討還這個公道。這個公道就算不能用血來償還，也必須通過其他方式來實現！

對著荒塚默默叩首一拜，任天翔一字一頓地道：

「爹，我會拿回你託付給我的義安堂，讓它在我手中發揚光大。我會為你討還公道，讓害死你的人，付出比鮮血還要慘痛的代價！」

最後對著荒塚一叩首，任天翔毅然起身就走，對等在不遠處的褚剛平靜道：「咱們走！」

褚剛有些不安地打量著任天翔，第一次發現他的眼中閃爍著狼一樣的銳光，咄咄逼人，令人不敢直視。褚剛張了張嘴，但最終什麼也沒問，只是默默地坐上車轅，驅車疾馳回城。

馬車剛一離去，荒塚旁的密林中，立刻閃出一個身材高大健碩的灰衣老者，是義安堂長老姜振山，就見他踉踉蹌蹌來到荒塚前，激動萬分地自語：

「少堂主終於迷途知返，老堂主你泉下有知，必定也深感欣慰吧？」

一個身形瘦削佝僂的人影，緊隨姜振山之後來到荒塚前，對著荒塚默默一拜：「大哥，你託付咱們的事，終於有了轉機，我們不會讓你失望。」

二人在夜色中並肩而立，靜心聆聽著夜風的呼號，似乎能從中聽到任重遠的回答。

姜振山突然打破緘默問道：「你怎知天翔今晚會來這裏？」

季如風抬首遙望蒼穹，一向古井不波的眸子中，似閃爍著兩朵跳躍的火焰：「因為我對他的瞭解，超過了他自己。」

作為相知多年的老朋友，姜振山立刻察覺到季如風心中湧動的豪情，那是一種已經消失了很久的熱望。他緩緩轉頭望向季如風，神情從未有過的嚴肅：「你……決定了？」

季如風微微點了點頭，雖然沒有出聲，但堅毅的眼神已經將他的決心坦露無疑。姜振山靜默了數息，突然豪邁大笑：「好！姜某就豁出老命陪兄弟博一博，大不了輸掉這顆沒用的頭顱。」

當年的「任府」，現在的「蕭宅」，既是義安堂堂主的私宅，也是義安堂的總舵。雖然義安堂的聲望自任堂主仙去後，早已大不如前，但它的總舵在長安依然是一處人人敬畏的神秘所在，也是人們關注的焦點。

這日一大早，在蕭宅對門茶樓招呼客人的瘸腿阿三，突然看到義安堂兩個長老，一個是高大威猛的姜振山，另一個是瘦削佝僂的季如風，左右蜂擁著長安城新貴，御前侍衛副總管任天翔進了蕭宅大門，緊接著大門就關了起來，門外卻多增加了幾個彪悍的義安堂弟子守衛，人人神情凝重，如臨大敵。阿三立刻意識到，義安堂要出大事了。

就在其他茶客都在競相揣測、議論紛紛的時候，阿三已經一瘸一拐地上了茶樓頂層的小閣樓。

茶樓是一座普通的臨街小樓，唯一與眾不同的是閣樓上養著一群鴿子。阿三將一張匆匆寫就的紙條從中撕開，分別裝進兩個小指粗的竹筒，並將竹筒分別綁在兩隻關在籠中的鴿子腿上，然後將兩隻信鴿放飛窗外。

兩隻信鴿先是混在一大群普通鴿子中展翅高飛，在閣樓上方盤旋幾圈後，兩隻信鴿先後脫離鴿群，消失在茫茫天宇之下。

直到目送信鴿徹底消失，阿三這才一瘸一拐地回到茶樓，坐到他常坐的臨窗位置，一邊豎著耳朵聽茶客們的議論，一邊瞭望著對面蕭宅的動靜。

蕭宅之內，任天翔緊隨季如風和姜振山身後，見大門、二門俱在自己身後關了起來，沿途那些義安堂弟子分列兩旁，神情從未有過的嚴肅，他心中開始有些惴惴不安，腦海中不斷回味著昨夜季如風與自己對話的場面，希望能從中找到答案。

「要想拿到義安堂保存的那兩塊義字璧殘片，讓義字璧復原，只有一個辦法，就是拿出你所有的玉片跟蕭傲對賭！」

「怎麼賭？」

「賭你們誰才是義門真正的傳人。」

任天翔堅信任重遠傳給自己那塊玉片，就是要自己接過義安堂，但現在，妹妹夾在她母親和自己這個三哥中間，恐怕很難站在自己這邊為自己作證。他不禁皺起眉頭：「就算爹有心讓我接過義安堂，但他畢竟已經過世，怎麼才能證明他的遺命？」

「沒法證明，所以要賭。贏了你拿到完整的義字璧，做義門新一任領袖，輸了交出所有義字璧殘片。除非你不想加入義門，不想繼承老堂主的遺志，那麼就可以不賭。」

季如風眼中的堅毅和自信感染了任天翔，何況他現在對義安堂堂主之位也是志在必得，他沒有留意到義門與義安堂之間的細微差別，所以毫不猶豫慨然答應：

「好！我賭！」

——匡！

一聲沉重的關門聲響，將任天翔的思緒拉回到現實，就見自己已置身於義安堂議事大廳，身後的廳門已經關閉，就連窗戶也全部關上，廳中顯得異常幽暗。

大廳前方的交椅上，義安堂幾個最重要的人物——蕭傲、厲不凡、歐陽顯、蕭倩玉——俱已就坐，而季如風與姜振山則立在大廳中央，分列自己左右。

「季長老，有什麼大事需咱們所有人都到齊？」蕭傲率先發話，雖然他神情平靜如常，但手指卻不自覺地輕敲著座椅扶手，暴露出心底的一絲焦慮和不安。

季如風沒有回答，卻將目光轉向蕭倩玉，神情從未有過的嚴肅：「我接下來要說的非義安堂日常事務，而是義門——也即墨門的大事，夫人非我墨門中人，請回避。」

此言一出，大廳中本就嚴肅的氣氛越發凝重起來，空氣都像是完全凝固，「墨門」這個稱謂幾乎絕跡千年，只有在義門最隆重、最隱秘的祭祖儀式上，才會有人小心翼翼地提到。

蕭倩玉一聲刺耳的冷笑，打破了廳中令人窒息的靜謐，她指向任天翔喝問：「我不是墨門中人，難道他是？我要回避，難道他不用回避？」

季如風對任天翔略一點頭，任天翔立刻拿出自己所有的義字璧殘片，一塊塊擱到正中的案几上。幾個人的目光一下子被那幾塊殘片吸引，皆面露驚疑和震駭之色。

「這是五塊義字璧殘片，加上咱們保留的兩塊，七塊義字璧殘片終於聚齊。」季如風雖然竭力克制，但嗓音依舊忍不住在微微顫抖，「墨門先輩千百年來的夙願終於達成，而實現這個夙願最大的功臣，便是前任堂主之子任天翔，就憑這個功勞，咱們沒理由要他回避。」

厲不凡略一沉吟，轉向蕭倩玉道：「季長老說得在理，事關墨門隱秘，請夫人回避。」

蕭倩玉拍案而起，憤然質問：「我是前任堂主遺孀，又是現任堂主的妹妹，難道也不能參與墨門事務？」

厲不凡禮貌而堅定地道：「就是堂主的親爹，也不能參與。」

蕭倩玉見歐陽顯默不作聲，只得將目光轉向蕭傲，希望他能為自己說話。誰知蕭傲卻在搖頭苦笑：「這是墨門千百年來的規矩，我也只有遵守。」

「哼，什麼破規矩！」蕭倩玉惱羞成怒，憤然推開座椅起身就走，「難怪千百年來無論儒門、道門還是釋門，都有風光的時候，就墨門一蹶不振，只能像老鼠一樣躲在地底下。」

蕭倩玉帶著憤懣離去後，大廳中的氣氛重新凝重起來。厲不凡抖著手將案几上的玉片逐一看過，澀聲問：「季長老召集大家，就是要向大家報告這喜訊？」

季如風微微搖頭：「喜訊還在其次，我是要實現千百年來墨門先輩的夙願，也即『破璧重圓，義門歸一』。所有墨家弟子都知道，要真正實現義門歸一，就必須推選新的鉅子，統領整個墨門。」

歐陽顯啞然笑道：「這還用得著推選？既然義字璧是由咱們義安堂完璧復原，自然是由咱們義安堂蕭堂主做鉅子。」

季如風望向厲不凡和蕭傲，淡淡問：「我想請教堂主和厲長老，何為墨門鉅子？」

厲不凡神情頓時肅然：「祖師墨翟認為世界萬物的誕生、運行和發展，皆由各自的規矩主宰。日月東升西沉，水流由高向低，人的生老病死等等一切，皆是服從於其內在的、不以人意志為轉移的規矩，所以規矩為世界之根本。鉅子實乃規矩之子的簡稱，必須由規矩產生，並服從於規矩。」

季如風再問：「我想再請教厲長老，墨門鉅子需由什麼規矩產生？」

厲不凡遲疑道：「《墨經》記載，墨門弟子需推選德才皆備的智者為鉅子，推舉、眾議、遴選當是墨門鉅子產生的第一規矩。」

季如風點點頭，指向任天翔道：「現在我推選前任堂主之子任天翔出任墨門鉅子，不知合不合規矩？」

厲不凡有些意外，一時無言以對，此時姜振山也上前一步，與季如風並肩而立，慨然道：「我與季長老共同推舉任天翔，以延續墨門中斷了上千年的鉅子傳承。」

「胡鬧！簡直是胡鬧！」厲不凡尚未表態，歐陽顯已拍案而起，「義安堂堂主雖無鉅子之名，實則在行鉅子之責，早已是當之無愧的墨門鉅子。你們擅自另選鉅子，實是在犯上作亂，理當在祖師面前自裁謝罪！」

季如風淡淡道：「當年任重遠是咱們十八個兄弟共同推舉，說他是無名分的鉅子我沒意見，但蕭堂主只不過是靠一塊義字璧殘片、加上未經證實的堂主遺命而接管義安堂，他做義安堂堂主我可勉強承認，但要說他就是當仁不讓的鉅子，我不服！」

「你憑什麼不服？除了蕭堂主，誰還配做領袖整個義門的鉅子？」歐陽顯瞠目質問。

「論實現『破璧重圓』的功勞，他遠不如任天翔。他僅有的一塊義字璧碎片，還是任堂主原有的舊物，而任天翔卻找回了失散千年的六塊義字璧碎片，他們對墨門的貢獻天差地別。」季如風頓了頓，一字一頓道，「更重要的是，鉅子既然為規矩之子，沒有推舉、合議、遴選這個過程，就不配稱為鉅子。」

歐陽顯還想爭辯，卻被厲不凡抬手阻止。就見這鬚髮皆白的刑堂長老，皺眉沉吟道：「季長老說得不無道理，不過好像任公子並沒有加入墨門，非我墨門弟子。」

季如風頷首道：「不錯，任天翔雖然是任堂主之子，但並沒有拜過祖師加入墨門，而歷代鉅子都是從墨門弟子中推選。但是祖師留下的《墨經》中，只說推舉德才皆備的智者做鉅子，並沒有說一定要從本門弟子中推選。只要他有心將墨家的精神發揚光大，並有能力領導墨門走出低谷，完全可以不拘一格推舉，拜祖師加入墨門只是一個形式，隨時可以補上。」

厲不凡有些懷疑地望向任天翔，問道：「你想要加入墨門？你對墨門知道多少？」

任天翔知道鉅子之爭已超過堂主之爭，能當上鉅子，堂主都要聽其指揮。他很慶幸自己在陽臺觀藏經閣讀過墨子留下的零星著作，加上季如風以前的介紹，他對墨家思想也不算陌生。

見厲不凡問起，他毫不猶豫地侃侃而談：

「祖師墨翟創立墨門，是要興天下大利，除天下大害，墨家追求兼愛、非攻、尚賢、尚同、天志、明鬼、非命、非樂、節用、節葬等等，其最終目的，是要讓天下人都過上一種有尊嚴、有追求的和平生活。」

厲不凡有些意外，微微頷首道：「原以為你不學無術，沒想到對墨門還略有所知。」

任天翔笑道：「厲長老不要以老眼光看人，在江湖上經歷這麼些年，我要還像過去那樣只知吃喝玩樂，早死在外面了。」

厲不凡冷厲的眸子中隱約閃過一絲讚賞，轉向季如風問道：「你怎知他德才皆備，有實力與蕭堂主競爭？」

季如風微微一笑：「這個需交由大家共同來選擇，任何一個人說了都不算。」

厲不凡眼中閃過一絲凝重：「你是想開義堂，選鉅子？你可知這樣做會有什麼後果？」

季如風慨然道：「身為墨門長老，在下當然知道。我另舉他人與堂主競爭墨門領袖，是為大不敬，需三刀六洞向堂主請罪。除此之外，若我推舉之人最終未能得到大多數墨家弟子認可，我將以犯上的罪名在所有門人面前自裁！」

季如風話音剛落，姜振山也朗聲道：「我願追隨季長老，共同推舉任公子為墨門新一代鉅子，並押上自已項上人頭為質！」

「大膽！」歐陽顯呵斥道，「不是隨便什麼人都可以與堂主競爭墨門領袖！」

厲不凡不悅地掃了歐陽顯一眼，冷冷道：「歐陽長老莫非忘了，祖師爺傳下的規矩中有一條。只要有兩名墨門長老共同推舉，任何人都可與現任鉅子公平競爭。」說到這，他面色一寒，轉向季如風和姜振山，「不過，要是他們推舉之人未能得到大多數墨士以上的弟子認可，那麼推舉新鉅子的長老，就需以犯上的罪名自裁，以儆後人。」

任天翔聽到這裏總算才明白，為何季如風要說這是一場賭博，要是輸了，自已不過是輸掉所有的義字璧碎片，而季如風和姜振山則是要賠上性命！

他不由清了清嗓子，心懷惴惴地開口問道：「請容我問一下，我與蕭堂主要以何種方式來選鉅子？」

厲不凡木然解釋道：「是由所有墨士以上的弟子，不包括咱們幾個長老，共同來遴選。誰能獲得更多人的擁護，誰就能成為新一任鉅子。」

任天翔聞言，不由擔憂地望向季、姜二人，希望他們慎重考慮，不要如此絕決和衝動。自己在義安堂過去的名聲並不好，要與蕭傲正面競爭，只怕獲勝的機會微乎其微。何況蕭傲已經做了多年堂主，無論威望還是人緣，都要比自己這個外人強得太多，這場賭博還沒開始就已經注定必輸無疑。

季如風似看透了他的心思，不由抬手輕輕拍了拍他的肩頭：「你不用太擔心，要相信眾多墨家弟子的眼光，更要相信他們的心胸和氣度。」

季如風的自信感染了任天翔，他當即慨然一笑：「好！我就陪季叔豪賭一把。你們連輸掉頭顱都不怕，我輸掉幾片破玉片算得了什麼？」

見三人俱已下定決心，厲不凡將目光轉向了蕭傲，拱手拜道：「堂主在上，祖師爺留下的規矩，只要有兩名以上的長老共同推舉，任何人都可以競爭鉅子之位，想必堂主對這規矩也是心知肚明。」

歐陽顯冷笑道：「規矩都是人訂的，不合理的規矩隨時可以更改。」

厲不凡正色道：「沒有經所有長老合議，並經七成以上長老的認同，原有的規矩任何人不得隨意修改和偏廢，這也是『墨守成規』最早的來歷，墨家弟子行規守矩是第一操守，這與儒門弟子唯上、唯尊是從截然不同，想必歐陽長老不會不知道吧？」

厲不凡說著轉向蕭傲，「厲某希望堂主遵從祖師爺留下的規矩接受挑戰，讓他們死心！」

蕭傲臉色有些發白，卻強自鎮定地哈哈大笑道：「這不學無術的紈褲，居然要跟我爭做新一任鉅子，我不信墨門弟子會瞎了眼選他。好！我接受挑戰，如果我贏了，刑堂決不能赦免季如風和姜振山的犯上之罪，以儆後人！」

厲不凡見蕭傲這樣說，也就不再猶豫，立刻朗聲宣佈：「好！開義堂，拜祖師，選鉅子！」

議事廳正中的照壁上，是一個大大的「義」字，隨著厲不凡轉動一側暗藏的機關，就聽一陣「軋軋」聲響，「義」字照壁緩緩從中裂開，露出了一個黑黝黝的暗道，逐級向下不知通往哪裡。

任天翔一見之下十分驚訝，他雖然在這裏生活了十多年，卻從來不知道這議事廳下面，居然還有如此隱秘的所在。

在季如風和姜振山帶領下，任天翔滿懷新奇隨他們拾級而下。就見通往地底的青石甬道能容三人並行，無論臺階和石壁皆處理得十分光滑平整，牆上還有燭火照明，一點不顯潮濕和幽暗。

順著石級入地丈餘，就見前方是一道石門，石門上方有兩個古篆大字——義堂！

「這是什麼所在？」任天翔忍不住小聲問，「我在這裏長大，居然從來不知道家中還有這麼個神秘的地下廳堂。」

「這是墨門供奉祖師的義堂，也是以防萬一的暗道。」姜振山小聲解釋道，「除了祭拜祖師和商議墨門最隱秘的事務，這裏從不開門。」

說話間就見厲不凡已打開了石門，門後是一間寬有一丈五、深有近三丈的地下廳堂，正前方有如一座神龕，供奉著一個古樸老者的半身像。不用季如風介紹，任天翔也知道，這必定就是墨門創始人，春秋戰國時與老子、孔子等齊名的墨子了。

厲不凡點起兩壁的油燈，整個地廳頓時亮堂起來，看來當初建造這個地廳時經過了精心的設計，雖然深入地底數丈，卻一點不感憋悶和潮濕，無論通風還是防潮都沒有任何問題。

厲不凡率先給神龕中的墨子行過大禮，然後回首示意眾人在兩旁跪坐稍候，他解釋道：「我已令人去傳所有墨士前來議事，等他們到齊便可開始。」

任天翔學著厲不凡的樣子，緊挨著季如風和姜振山在一旁跪坐下來，幸好兩旁跪坐的位置鋪著厚厚的地毯，還不算辛苦。他打量著並不算大的地廳，有些擔憂地小聲道：「這就是義堂？好像小了點，恐怕容不下所有墨門弟子。」

「只有墨士以上的弟子，才有資格進入義堂祭祖、議事。」姜振山小聲解釋道。

「墨士？那是什麼職位？比義安堂的分舵主高還是低？」任天翔小聲問。

「墨士不是職位。」姜振山有些遲疑，似乎不知該如何解釋，「那是一種稱號，代表著他的才能和武功，足以成為墨門最核心的弟子。」

「那不還是一種級別和職位嘛。」任天翔笑道。

「下過象棋沒有？」季如風小聲問，見任天翔點頭，他解釋道，「無論墨門的墨士、儒門的儒士還是道門的道士，其最早的含義俱來自象棋中的『士』，他們是保衛首領和整個門派安危的武士團體，在春秋戰國那個戰亂的年代，如果沒有這樣一支由武藝高超的弟子組成的武士隊伍，任何學派都不可能在戰亂中自保，更莫談向世人宣揚本派的學說和思想。」

任天翔連連點頭：「也對，如果幾個強盜就能將老子、孔子、墨子等人生擒活捉，那麼他們的學說只怕也就沒人會相信和尊敬了。就像是自稱與世無爭的釋門，也要訓練和培養一批武僧來保護寺廟的安危，也正是這個道理吧。」

季如風微微頷首：「你能舉一反三，甚好！」

任天翔大受鼓舞，忍不住又問：「墨士是如何產生的呢？總不能像鉅子這樣也是由大家來推舉吧？」

季如風搖頭道：「當年祖師宣揚墨家學說，所有追隨者皆稱墨生，經過一段時間的學習，祖師挑選其中德才皆備、天賦過人、性情忠直者親自加以教授和培養，是為墨徒；再經過多年修習，祖師會選其中武藝高絕者，親授本門最高絕技，是為墨士。所以後來便以墨生、墨徒、墨士為墨門弟子三個等級，只是後來墨門遭到朝廷鎮壓和禁絕，墨家傳人即便挑選入門的墨生都十分小心和審慎，需要考察多年，再不能像春秋戰國時，墨家門生動輒到達數千甚至上萬之數了。」

任天翔笑道：「義安堂有上萬幫眾，就算十選其一，也有上千墨生吧？」

季如風搖搖頭：「到目前為止，義安堂只有十三士、二十四徒、五十六生，只有這些人才算真正的墨門弟子，義安堂其他弟子甚至都不知道有墨門的存在。每一個入門的弟子

都是經過墨士推薦，長老考察，再經多年的培養，合格後才能入門成為墨生。你若非是老堂主的兒子，又為墨門找齊義字璧，實現了墨門先輩千年夙願，要想成為墨家門徒只怕難如登天。」

任天翔驚訝地吐了吐舌頭，想了想又問：「那比墨士更高的又是什麼？莫非就是長老？」

季如風淡淡道：「長老是後來才有的職位和稱呼，墨士在年邁之後，若能達到明事理、辨是非、知天命、通睿智的境界，便可成為墨辯，輔佐和監督鉅子行使職權。」

說話間，就聽門外有腳步聲響，有人已沿著階梯拾級而下。

任天翔循聲望去，就見幾個高矮不一、胖瘦不等的男子已來到地廳之中，任天翔一見之下十分驚訝，因為他方才明明只聽到一個人的腳步聲，但進來的卻是十多個人，他們的步伐看起來十分隨意，但所有的節奏都落到一個點上，聽起來就像是只有一個人。

十多人年齡最小在二十多歲的樣子，最多則在四十歲出頭。就見他們像方才的厲不凡一樣，先給正中的墨子像叩首上香，然後默默退到兩旁，在幾個長老身後依次跪坐下來。

任天翔仔細打量眾人，就見他們中間有不少人自己並不陌生，甚至還有以前在任府打雜的下人，其中最年輕那個比自己大不了幾歲，長著一副嫩氣的娃娃臉，任天翔對他簡直再熟悉不過，那是當年在任府服侍過他的小廝，他還記得父親當年給這個孤兒取的名字——任俠。

任天翔忍不住想要招呼，就見任俠也看到了自己，不過對方只是揚了揚眉，便垂下眼簾凝然端坐，似乎對任天翔視若無睹。

任天翔大感沒趣，只得將湧到嘴邊的招呼又咽了回去，仔細打量隨歐陽顯進來的十三人，雖然他們好像在義安堂中並沒有擔任什麼重要的職位，但任天翔知道，這一定就是方才季如風所說的墨門十三士了！

「今天緊急召集大家開義堂、拜祖師，是因為兩件事。」厲不凡率先開口道，「第一件是碎裂離散千年的義字璧，今日終於可以復原，這足以告慰祖師和墨門歷代先輩在天之靈！」

此言一出，即便是修心多年、早已心靜如水的墨門十三士，也不禁悚然動容。就見厲不凡將七塊玉片一塊塊擺在神龕前，最後組成一面完整的義字璧後，眾人不禁齊齊向神龕拜倒，眼中皆閃爍著點點淚花。

直到眾人神情稍微平靜，厲不凡才又繼續道：「這第二件事……我想還是由季長老自己來說。」

季如風長身而起，先向正中的墨子像拜了一拜，然後回頭對眾人道：「我們都記得先輩傳下的那句老話——破壁重圓，義門歸一。要想實現義門歸一，就得選出統領整個墨門的新一代鉅子。在下身為義安堂長老，不擁護堂主蕭傲出任鉅子，卻要另外推舉他人，是為對堂主的大不敬，所以季某當按規矩向堂主賠罪。」

就在眾人都還有些莫名其妙之時，季如風陡然一聲高喝：「刀來！」

姜振山應聲拔出匕首扔過去，季如風接過匕首轉身向蕭傲單膝跪倒，坦然開口：「請蕭堂主接受屬下的賠罪。」

說著，他手起刀落，一連三刀，刀刀穿過自己大腿，鮮血頓時濡濕了整條褲腿，他卻不管不顧，兀自向蕭傲拱手一拜，「謝堂主！」

姜振山急忙上前，撕下衣衫下襬為他紮緊大腿，以免失血過多。然後他撿起地上的匕首，向蕭傲豪邁笑道：「季兄弟的決定也就是我的決定，請堂主接受屬下的賠罪。」說著也是三刀六洞，毫不遲疑。

這下事發突然，眾人皆莫名其妙地愣在當場，直到厲不凡一聲呵斥：「還不快為他救治！」才有人急忙上前為二人包紮。

待二人傷口包紮停當，厲不凡這才開口道：「既然你二人已向堂主賠過罪，便可推舉旁人做鉅子，然後由墨門十三士共同遴選。不過我要最後再提醒你們，如果你們推舉的人選無法得到大多數墨士的擁護和認可，你們需以犯上的罪名在祖師面前自裁，以警示後人！你們還要另推選他人嗎？」

二人雖然因失血而略顯虛弱，卻都毫不猶豫地點頭。厲不凡無奈，只得道：「那好，依照本門規矩，你們可以說出推舉的人選，並向大家陳述推舉他的理由。」

季如風推開攙扶他的兩名墨士，拐著腳來到中央，環顧眾人道：

「在『破壁重圓，義門歸一』這一重大時刻，我沒有擁護蕭堂主做鉅子，是有充分的理由和原因。首先，七塊義字璧碎片，只有一塊是出自蕭堂主之手，另外六塊皆是由任堂主之子任天翔找回。蕭堂主有整個義安堂做後盾，而任天翔不過是孤身一人，論武功論經驗論人脈論機會，任天翔都無法與蕭堂主相提並論，但義字璧卻偏偏是由任天翔找全，這不正昭示著冥冥中的天意？其次，蕭堂主自從接任堂主以來，義安堂屢受洪勝幫欺凌打壓，在江湖上早已威望不再，這不正說明了蕭堂主的能力？如果再將他推舉到鉅子的高位，豈不是我墨門的災難？為墨門的前途和未來，請大家拋棄私心雜念和個人的感情，慎重考慮鉅子的人選。」

「季長老！」有墨士發話問道，「你推舉的人從小我們就認識，你有什麼理由認定他比蕭堂主更勝任鉅子?」

季如風點頭道:「問得好!任天翔從小就是個不學無術、只知吃喝玩樂的紈褲,但是自從他失去義安堂庇護,獨自闖蕩江湖以來,取得的成就有目共睹。除了個人成就,他在營救異國將領突力中所表現出的義氣,不正與我墨家之精神暗合?而且他在任堂主陵墓中通過了我們共同設下的智力測試,這樣嚴格的測試,除了他,還沒有第二人能如此順利地通過,由此可見他的天賦,而天賦的高低優劣,無論多少汗水也無法彌補。不錯,他現在還不是一個合格的墨者,更不是一個合格的鉅子,但是以他的先天素質,完全有可能在我們的培養下成為合格的鉅子。」

說到這,季如風頓了頓,環顧眾人道,「更重要一點,義字璧失散千年,卻單單通過他之手得以復原,這難道不是冥冥中的天意?」

眾人皆露出沉思之色,低頭默然不語,這時卻聽歐陽顯開口道:「季長老,你是不是說得太多了?」

季如風向厲不凡和蕭傲低頭道:「我的話說完了。」說著,退回自己的位子,慢慢跪坐下來。

厲不凡轉向姜振山,問道:「姜長老有沒有話說?」

姜振山掙扎著站起來，呵呵笑道：「季兄弟已經說得很明白，姜某就一句話，如果大家選擇任天翔做鉅子，蕭堂主依然還做他的堂主，只不過以後得接受墨門鉅子的領導；如果大家擁護蕭堂主做鉅子，姜某和季兄弟就得在祖師面前剖腹謝罪。何去何從，大家看著辦吧。」

見所有墨士都隱然動容，歐陽顯急忙提醒道：「他們這是在用自己性命來要脅，以博大家的同情，你們千萬莫要上當！」

姜振山一聲冷哼：「只有自己認為正確、而且是不得不做的事，才值得押上性命。歐陽長老如果覺得擁護堂主做鉅子是毫無爭議的正確選擇，也可以押上自己的性命，給大家施加壓力。」

歐陽顯一時語塞，無言以對。就聽季如風道：「鉅子的選擇，關係著墨門乃至整個義安堂弟子上萬弟子的前途和性命，甚至關係著墨門以後幾十年的興衰，跟這比起來，咱們兩個老傢伙的性命根本微不足道。所以請大家不用顧忌咱們的生死，只需以大公無私之心，選出你們心中最合適的鉅子。」

十幾個墨士皆微微頷首，厲不凡也開口道：「季長老和姜長老皆表明了選擇任天翔為鉅子的理由，現在咱們再聽聽蕭堂主有什麼話要說。」

見眾人的目光皆集中到自己身上，蕭傲清了清嗓子，徐徐開口道：

「本人忝為堂主以來，為義安堂的發展盡心盡力，雖不敢言功，卻也並無大錯。雖不如老堂主雄才大略，卻也算得上恪盡職守。說實話，我並不認為自己是墨門當仁不讓的鉅子，無論是厲長老還是季長老，他們都比我更合適。但是如果是任公子要做這個鉅子，我卻萬萬不能答應。」

蕭傲略頓了頓，目光從眾人臉上徐徐掃過，語氣頓時一轉：

「墨門鉅子首重是德，任天翔雖為老堂主之子，卻一向忤逆不孝，又是長安城有名的紈褲，他有何德配做鉅子？他一向只知吃喝玩樂，文不能考取功名，武不能上陣殺敵，他有何才能做好鉅子？他一向唯利是圖，為了一己之利不惜巴結權貴、鑽營苟且，憑什麼做我視功名利祿如糞土的墨門之領袖？他現在是御前侍衛副總管，皇上身邊的大紅人，他要竊取了鉅子之位，咱們墨門豈不跟著他成了朝廷的鷹犬？那與一向依附朝廷的儒門還有什麼區別？」

說到這，蕭傲轉身向墨子像一拜，痛心疾首地道，「祖師生前最瞧不起的就是一心依附朝廷的犬儒之輩，如果咱們墨門最終也像儒門那樣成為朝廷的附庸，祖師泉下有知，必定會死不瞑目。」

在眾人若有所思的目光中，蕭傲慷慨激昂地結束了他的話：

「如果你們要想賣身求榮，將來謀個封妻蔭子的前程，就選御前侍衛副總管做墨門的鉅子，跟著他，榮華富貴興許就唾手可得。如果你們還是真正的墨者，從未動搖過心中的信念，我想你們必定知道該如何選擇。」

墨士

第二章

在那生死相搏的剎那，
對方居然還有閒暇拿捏好劍鋒刺入自己身體的位置和深度，
這……這是怎樣的武功？
陰蛇帶著莫名的震駭和驚恐，一歪頭暈了過去。
所有人皆悄悄扔下了刀劍，沒有人再說一句話。

地廳中一片靜默，眾人都在若有所思地沉默著，幾乎落針可聞。雖然鉅子的爭奪並沒有刀光劍影，但場中的氣氛卻比刀光劍影還令人緊張。

任天翔也一改先前的輕鬆和玩世不恭，神情變得異常凝重，因為方才蕭傲的話幾乎是判了他的死刑，準確說，是判了季如風和姜振山的死刑，自己輸了不要緊，但對自己寄予厚望的季如風和姜振山，卻要替自己賠命。

「現在，我們最後來聽聽任天翔怎麼說。等他陳述完畢，你們就可以開始選擇了。」厲不凡將目光轉向了任天翔，所有人的目光也都轉向了他。

任天翔只感到掌心冒汗，手足冰涼，即便是被韓國夫人活埋時，他也沒這樣緊張過。因為那時候，他心中還滿懷著絕地求生的希望，而現在，他已經看不到任何希望。

「不用太緊張！」季如風輕輕地拍了拍他的肩頭，臉上第一次現出一絲溫煦的微笑，「我從你六歲第一次見到你時就知道，你是上天賜予本門的希望，你已經通過了無數次的考驗，現在就只剩下這最後一道關卡，它一定難不倒你。」

任天翔心中充滿疑問，不過眾目睽睽之下他已來不及細問。雖然不明就裏，但季如風的話讓他澎湃的心緒慢慢平靜下來。

他緩緩起身，抬步走向正前方的墨子像，他感覺自己的思維從未有過的敏捷，這短短

幾步就像經歷了好幾個時辰，足夠他理清思緒，

終於，他站到了墨子像面前，學著前人的樣子給墨子行過大禮後，他回身面向眾人，目光在墨門十三士面前徐徐掃過，這才從容不迫地開口道：

「我雖然還不是墨家弟子，但一直對墨家學說最感興趣，就我對墨家精神的理解，其最根本最核心的精神就是平等。它與儒家最大的不同，就是儒家將人分成三六九等，並以禮教來約束和強化這種身分認定，提倡君君臣臣父父子子；而墨家則認為人人生而平等，天子與庶民並無任何不同，墨子有句名言，『人不分長幼尊卑，皆天之臣也』，所以提倡兼愛，既不分親疏厚薄，對天下人一視同仁。由這種兼愛的精神，才能生出墨家之義，即扶助弱小、抵抗強權，以維護世界之公正，這也就是墨家『興天下大利，除天下大害』的精神基礎。不知道我這樣理解對還是不對？」

眾人在微微頷首的同時，望向任天翔的目光已有些不同，似乎在對這個記憶中的紈褲子弟重新進行認識。這種目光給了任天翔更大的信心，他昂然一笑：

「既然平等是墨家最核心的精神，一切大義俱是建立在這個基礎之上，那麼我任天翔是不是御前侍衛副總管，跟我能不能做鉅子有什麼關係呢？如果心懷墨家平等之精神，哪怕身在朝堂也不失獨立的人格；如果沒有這種平等的精神，即便身處江湖之遠，依然會對

權勢心懷敬畏甚至妒忌，若不能攀附，就恨不能取而代之。」

說到這，任天翔語鋒一轉：「當年墨家先輩為扶助弱小化解干戈，也曾替人守城甚至領兵，難道說他們也是權貴的鷹犬？先父任重遠當年曾幫助當今聖上奪回李唐江山，才有義安堂今日的地位，難道說他也是在趨炎附勢？墨家之所以自秦以後日趨衰落，就是將自己與官府和朝廷對立起來，誤解了先祖宣揚的平等和自由精神，以為遠離廟堂才能保證精神的獨立。對權貴和帝王避而遠之，難道不是另一種精神上的歧視？」

眾人皆露出深思的神色，也有人在微微頷首。

任天翔回身對墨子像恭敬一拜，慨然嘆息道：

「墨翟生前最大的願望是要選天子，選德才皆備的賢者做天子，可惜這個願望到現在也還沒有實現的條件。但是墨翟生前從未放棄過向諸侯向國君宣揚他的思想，試問，如果他也像後人這樣將自己與官府和朝廷對立起來，墨學何以能成為與道學和儒學齊名的顯學？如果墨者只能以幫會的面目在江湖藏身，不能對官府和朝廷施加影響，如何實現墨翟所希望的影響天子、監督天子，繼而選天子的最終夢想？」

眾人的沉思已變成了震撼，所有人都沒有想到，一向被眾人認為不學無術的紈褲子弟，居然有這番驚世駭俗的見解，這見解雖然令人目瞪口呆，卻偏偏又符合墨家的精神內核，讓人在震驚之餘，內心也不禁湧起一種久違的衝動。

任天翔最後對墨子像恭敬一拜，然後對厲不凡和眾墨士拱手道：「我最想說的話就是這些，其他像才能、智慧這些我不想再提，因為我覺得這些都不如一個墨者的心胸更重要。」

厲不凡點點頭，環顧眾人道：「蕭堂主與任公子已經表明心跡，現在就請大家考慮一炷香時間，然後在他們二人中，選擇一位出任新一代墨門鉅子。」

計時的香點了起來，地廳中一片靜默，眾人都在低頭冥思。此刻任天翔反而平靜下來，耐心地等待著命運的裁決。

一炷香很快燃過，厲不凡示意他與蕭傲分列左右，面朝墨子像而立，然後厲不凡對眾墨士道：「現在，請將代表你們選擇的竹籤，投入所選之人身後的竹筒。竹籤一經投下，不得反悔，整個過程將由我和幾個長老共同來監督。」

十三名墨士依照秩序來到二人身後，默默將自己手中的竹籤投入二人身後的竹筒。竹籤入筒的聲音異常清脆，讓人心情也為之震顫，雖然整個過程是在平和靜謐中進行，但卻比刀光劍影更讓人透不過氣來。隨著一聲聲清脆的聲響，竹籤終於投完，在幾個長老的監督之下，厲不凡仔細將竹簽清點完畢後，立刻高聲宣布：

「蕭堂主獲得六根竹簽，任公子獲得七根，墨門新一任鉅子終於誕生，他就是義安堂前任堂主之子任天翔！」

任天翔心中一鬆，不禁手舞足蹈地回頭高呼，卻見廳中除了自己，沒人歡呼，也沒有人忘形，大家都神情複雜地望著自己，那眼神既有期待，又有懷疑。而季如風和姜振山眼中，則閃爍著點點隱約的淚花。

「墨門終於有了新的鉅子！」厲不凡激動地向祖師像拜倒，然後回頭轉向眾人，「從今往後，任天翔就是我墨門新一代鉅子！」

眾人紛紛上前道賀，只有蕭傲臉色鐵青，眼中滿是憤懣和不甘。不過，他很快就將這種情緒強壓下來，強笑著上前向任天翔道賀。

任天翔在厲不凡等人安排下，稀里糊塗地舉行了祭祖儀式，然後接受眾人的敬拜，就任新一代墨門鉅子。

他感覺一切都像是在做夢，直到儀式結束離開義堂，他才有機會詢問季如風道：

「我……我真已成為墨門鉅子？義安堂也歸我管？」

「你現在還不能算。」季如風眼中有心願得償的興奮，更有一絲冷峻和嚴肅，「新任墨門鉅子還有一年的考察期，如果這一年中你犯了大錯，又或者無所作為，依然有可能被廢黜。所以你要儘快學習如何成為一個合格的鉅子，而不是靠著僥倖涉險過關。」

任天翔不好意思地吐吐舌頭：「鉅子都要做些什麼？」

季如風淡淡道：「鉅子首先要掌握整個墨門的情況，他可以不會武，但必須懂武，甚至要懂兵。」

「懂武？」任天翔疑惑地撓撓頭，「這和會武有什麼區別？」

「它比會武要求更高。」季如風耐心解釋道，「會武只要跟著師父刻苦修煉，總能學有所成。懂武則是要盡可能多地瞭解各門各派武功的奧秘和訣竅，並能一眼就看出對方武功的長短和強弱，並能做出相應的對策和改變。」

「你知道我最怕練武！」任天翔頓時抱頭大叫，「從小我就不想學武，有多少師父教過我，卻都教不會我一招半式。你要逼我練武，大不了這破鉅子我不做了，你們誰愛做誰做去！」

「胡鬧！」季如風勃然大怒，「你以為這是小孩扮家家，你想做就做，不想做就不做？」

「放肆！」任天翔毫無畏縮地迎上季如風的目光，針鋒相對地喝道，「你是鉅子還是我是鉅子？是你聽我的還是我聽你的？」

季如風神情一震，突然意識到自己的失態，忙垂手後退一步，低頭道：「屬下知錯，請鉅子恕罪！」

「這還差不多！」任天翔滿意地點點頭，拍拍懷中那已經湊齊的七塊義字璧碎片，「現在咱們最要緊的，不是爭論我該不該練武，而是儘快復原義字璧，找出其中的奧秘，以重整墨門聲望。」

季如風忙解釋道：「你誤會了，我不是要你練武，而是要你學武。身為墨門鉅子，肩負著整個墨門的興衰榮辱，如果對墨家最重要的武技一無所知，何以做到知己知彼？又何以指揮墨家弟子實現歷代先輩的抱負？就拿眼前來說，對義字璧虎視眈眈者不在少數，如果你對墨門弟子的武功戰力一無所知，又如何調遣人手從容應付？」

任天翔想了想，遲疑道：「練武和學武，這有什麼區別嗎？」

季如風點頭道：「這區別就像是將與帥的區別，將領需要身先士卒衝鋒陷陣，所以必須有一身好武藝；而帥為全軍首腦，與敵人正面相搏的機會很小，所以帥可以不會武。但他必須知道手下每一個將領的實力和特點，並依據對手的情況來排兵佈陣，所以他必須要知武。」

「明白了！」任天翔恍然大悟，笑道，「原來你是要我紙上談兵？只要莫讓我起五更睡半夜地練武，怎麼著都成！不過你現在腿上有傷，流了不少血，這事等你傷好些再說吧。」

季如風雖然神情萎靡，卻強打精神擺手道：「這點傷不礙事，我得讓你儘快成為一個合格的鉅子。」

說話間，二人已來到外面的議事廳，就見墨門十三士分列左右等候在那裏。見二人進來立刻拱手參見。

季如風指著眾人對任天翔道：「你是由他們選出的鉅子，從今往後，他們就將對你惟命是從，而你也得對他們的行動和生命負責，同時也要對整個墨門負責。」

任天翔從眾人臉上緩緩看過去，就見其中有不少熟悉的面孔，但除了曾做個自己伴當的任俠，其他人他都叫不出名字，只知道他們是義安堂最普通的弟子。他不禁奇道：「既然墨門弟子是從義安堂弟子中挑選出的精英，而墨士更是精英中的精英，為何他們卻都沒有擔任重要職務？」

季如風嘆道：「因為練武是一項最枯燥最乏味的苦修，很容易被其他事務分心。為了讓墨門弟子專心於武道，必須要讓他們遠離日常俗事。」

「這麼說來，他們的武功一定很高了？」任天翔好奇地問道，「不知道比我身邊那些大內侍衛如何？比崑崙奴兄弟呢？」

季如風沒有直接回答，只淡淡道：

「今日有場小糾紛，需要咱們義安堂出面調停和處理。如果你想知道他們的武功，可以跟去看看，作為你學武的第一堂課。」

「太好了！」任天翔聞言大喜，他知道江湖上所謂調停，多半都是要動手才能擺平，以他的品性，自然是唯恐天下不亂。只是他還有些擔心，忙問道，「對方有多少人？就咱們這些人能不能應付？要不要我把大內侍衛也叫上？」

季如風啞然失笑：「這是義安堂的事，怎敢讓官家的人出面？而且只是一場小糾紛，也用不著小題大做，只需要從十三墨士中選一人出面就夠了。」

「就選一個人？」任天翔有些將信將疑，「那選誰為好？」

季如風微微一笑：「你是鉅子，該由你來拿主意。」

任天翔看看眾人，只認得一個給自己做過小廝的任俠，不由叫著他的小名頷首道：「就阿俠吧，我還從來不知道他練過武，而且還是武功高強的墨士。」

任俠雖然天生一副娃娃臉，看起來比任天翔還要年少，但實際卻比任天翔還要年長兩三歲。聽到任天翔點到自己，他立刻越眾而出，對任天翔抱拳一拜：「多謝鉅子信任，我不會讓你失望。」

季如風微微頷首笑道：「你眼光不錯，阿俠得到過老堂主親傳，是墨門最年輕的墨士，由他出面是再合適不過。」

任天翔得知任俠竟是父親生前教過的弟子，頓時大感親切，但對方表情嚴肅，對自己似乎有種拒之千里的冷淡，這讓他有些奇怪，卻又不好多問，只得轉向季如風小聲問：「就咱們三個？人是不是有點少？要不我將崑崙奴兄弟和褚剛都帶上？」

季如風望向任天翔淡淡道：「這是義安堂的事，不想讓不相干的人插手。如果你還當自己是鉅子，就不要再有這種念頭。」

任天翔見季如風說得嚴肅，便不好意思地吐吐舌頭：「好吧，就依你，不過，我可有言在先，我只是去看看熱鬧。萬一你們一言不合動起手來，可別算上我。」

馬車離開蕭宅之時，天色已然黑盡。

車中，任俠盤膝瞑目而坐，猶如老僧入定，他對面的任天翔幾次想與他敘舊，卻因對方的淡漠和沉默，只得無奈強行忍住。前方坐車轅上趕車的是季如風，很難相信這個義安堂的長老和智囊，會親自為兩個年輕後生趕車。

馬車駛過大半個長安城，終於在東市一片空曠之地徐徐停了下來。

在途中任天翔已聽得季如風介紹，原來是東西兩市的商戶，因為爭奪客源而發生了鬥毆，剛開始只是兩家賣綢緞的商戶之間的矛盾，一家是本地坐商，而另一家則是外來的胡商，本地坐商認識以盧大鵬為首的地頭蛇，便邀盧大鵬和他的兄弟狠狠修理了那胡商一頓，那胡商咽不下這口氣，趁盧大鵬莫名其妙死在大雲光明寺之機，廣邀同道報仇，雙方械鬥升級，已造成雙方都有人死傷，最後東西兩市的坐商和胡商幾乎都牽涉了進來。而東西兩市俱受義安堂保護，所以義安堂不能不出面。

馬車在黑暗中停下，任天翔探頭一看，就見無數燈籠火把，將東市中央那塊空地照得如同白晝，兩幫人正分列左右默默對峙，雖然相隔數丈，依然能感覺到他們之間那種濃濃的敵意，甚至是嗜血的仇恨。

任天翔一看雙方人數過百，而且不少人還手執棍棒刀槍，神情猶如嗜血的猛獸般躍躍欲試，顯然就在等一聲開打的號令。他趕緊縮回頭，對季如風小聲道：「看這形勢，恐怕不是三言兩語可以化解，咱們還是趕緊回去多帶人手，才能將他們強行分開。」

季如風看看月色，搖頭道：「他們約鬥的時間就要到了，就在等義安堂出面做最後的調停。咱們若不出面，會有很多人死。」說著他輕輕一提馬韁，馬車便緩緩駕向對峙的雙方。

「可是咱們只有三個人，而且你腿上有傷，我更是從沒摸過刀柄。」

任天翔見馬車徑直駛入對峙雙方的空地，陷入眾多手執刀劍的怒漢包圍之中，他不禁臉色都變了。

誰知季如風卻不以為意道：「我只是帶你來旁觀，今日這事，你讓阿俠一個人處理就行。」

任天翔還想再問，就見對面的任俠第一次睜開了眼睛，對自己不亢不卑地拱手一拜：「請鉅子授權弟子全權處理此事。」

雖然任俠在向自己行禮，但任天翔還是感覺到對方對自己這個鉅子，其實並沒有一絲心悅誠服的尊重，只是在嚴守墨門的規矩而已，這讓他有些奇怪，不知道自己哪裡讓任俠看不順眼。見眾人都在虎視眈眈地盯著馬車，他只得叮囑道：「好！你要小心應付，千萬莫要激怒了他們。」

任俠頭也沒點就撩開車簾跳出馬車，緩緩來到雙方領頭之人跟前，簡短地自我介紹道：「義安堂弟子任俠，受命前來調停紛爭。」

兩個領頭的一個是五十多歲的長安坐商，一個則是個肥頭大耳的胡人。那坐商忙向任俠拱手為禮，同時如釋重負地輕舒了口長氣，而那胡人則倨傲地問：「任俠？沒聽說過，你在義安堂中是什麼身分？」

任俠淡然道：「在下在義安堂資歷淺顯，所以只是個普通弟子。」

「哈！」那胡人一聲嗤笑，「義安堂也太不將咱們當回事了，居然派個普通弟子來調停，是不是不將咱們放在眼裏啊？」

眾人也都小聲議論起來，就連方才給任俠恭敬行禮的長安坐商也是大失所望，但還是耐著性子問：「不知任少俠想要如何調停？」

任俠左右看了看，淡淡道：「雙方互賠對方的死傷者，死者五十貫，重傷致殘者三十貫。由最先動手傷人的一方在醉仙樓擺酒，大家喝過和解酒，便將過往恩怨一筆揭過。」

此言一出，眾人頓時像炸開了鍋，長安坐商一方一個雙目赤紅的男子高聲嚷道：「我兄弟已死在他們手裏，除非讓凶手賠上性命，不然這事不能這樣就完！」

那男子赤裸著上身，精壯結實的肌肉在燈火照耀下油光閃亮，猶如一頭敏捷的黑豹。

任俠目光在他身上停留了一瞬，淡淡問：「你是何人？」

「在下長安之豹張蒙，死的是我兄弟張彪。」那男子挺起胸膛，赤紅眼眸瞪著任俠，

「江湖上自古就是血債血償，五十貫錢就要買我兄弟性命？休想！」

任俠眼中驀地射出一絲銳光，聲色如常地淡淡道：「我今日代表義安堂出面解決衝突，我的話就是義安堂最後的意見。如果誰對我的調停不服，大可拔出兵刃向我挑戰，能從我面前走過去，你們便可開打。」

躲在車中關注事態發展的任天翔，一聽任俠這話，不禁連連頓足道：

「壞了壞了，這渾小子真不懂事，一句話就將武鬥雙方都得罪了。這不是惹火燒身，兩方都不討好嗎？」

但奇怪的是，雙方聽到任俠這話，全都安靜下來，就連自號長安之豹的張蒙，也微微低下了頭，以避開任俠那咄咄逼人的目光。

就在這時，突聽對面胡商陣營中，悠然響起一個不緊不慢的聲音：

「義安堂早已不是長安說一無二的老大，沒想到它一個不知名的弟子，依然還是這般狂傲。陰爺就是對你的調停不服，你是不是就要跟陰某動手啊？」

隨著這不緊不慢的聲音，一個瘦削高挑的男子從無數胡人中間緩緩踱了出來，眾人潮水般往兩旁讓開，片刻間，就將他置於眾星拱月的核心位置。從眾胡人對他的態度可以看出，這人才是眾胡商倚重的主心骨。

聽到依稀有些熟悉的聲音，任天翔從車窗縫隙中仔細看去，頓時臉色大變：「壞了！怎麼會是這個凶人？」

季如風有點意外：「你認識那人？」

任天翔點點頭：

「他叫陰蛇，原是大漠悍匪沙裏虎手下的二當家，後來勾結外人出賣了沙裏虎，自己做了匪幫老大。他以前只在西域一帶活動，不知為何卻到了長安？我見過他殺人，簡直比蛇還陰險凶狠，阿俠只怕要糟。」

季如風不以為意地笑了起來：「原來是個悍匪，難怪那幫胡商有恃無恐。今日看來不動手是不行了，你運氣不錯，一定要睜大雙眼仔細看好。」

「看什麼？」任天翔有些莫名其妙。

「這是你學武的第一堂課。」季如風正色道，「要全神貫注地留意那個悍匪和阿俠，看清他們出手的每一個動作和細節，並告訴我你的心得和體會。」

「你好像一點也不擔心？」任天翔奇道，「萬一阿俠不敵，或者勉強獲勝，但那些胡商請來的拳師打手要是一擁而上，只怕阿俠一個人也是雙拳難敵四手吧？」

季如風淡然一笑，眼中滿是自負和驕傲：「你不用擔心阿俠，那些武師跟墨士是兩個世界的人，他們的差距就像是猴子跟人的差距一樣大。」

任天翔還想再問，就聽那邊任俠已開口道：「不服者儘管拔刀，我保證你只有一次機會。」

陰蛇聞言仰天大笑，笑聲中，就見他全身肌肉驀然繃緊，猶如即將出擊的扁頭蛇，又如突然張滿的勁弓，即將電射而出。

但就在他腰間短刀將出未出，全身勁力即將爆發的瞬間，他那肌肉繃緊的身體卻突然軟了下來，掩飾出手的笑聲也戛然中斷，就像張開的勁弓突然繃斷了弓弦，剎那間便失去了爆發的機會。

陰蛇腰間的短刀已經拔出大半，但剩下那一小半卻已經無力再拔出。一柄單刃長劍已連在了他的胸膛之上，就像是本來就長在那裏。三尺長的劍刃連著獸吞口的劍鍔，劍鍔之後是纏著黑色絨布的劍柄，劍柄連在任俠那隻手指修長、肌膚白皙緊實的手上，他的身體依然保持著出劍瞬間的姿勢，像一支剛射出的勁箭，穩穩地釘在陰蛇這個箭靶之上。

陰蛇和他身後眾多準備群毆的武師，沒一個看清他是如何拔劍、收肘、出劍，戰鬥就已經結束，甚至那根本不能稱為戰鬥，因為陰蛇連刀都還沒來得及拔出。

「你、你、你……這是什麼劍法？」陰蛇鼻涕眼淚交泗而下，身形搖搖欲倒，他的眼中泛起從未有過的絕望之色，他從沒見過一個人竟然可以將劍練到如此之快，快得連他的目光都追之不及，更莫談做出任何反應。

「這是最普通的一招仙人指路。」任俠神色如常地淡然道，「所有練劍的門派都有這招。」

「我竟然死在最普通一招仙人指路之下？我竟然連你一招都擋不了？」陰蛇帶著無窮的悔恨和懊惱，身子緩緩往後便倒。

就見任俠一抖手拔出長劍，跟著閃電般封住陰蛇胸口幾處經脈，然後平靜如常地道：「我的劍鋒是從你第三根肋骨縫隙刺進，入肉三寸三，剛好避開你的心臟和大血管，如無意外，你還死不了。」

在那生死相搏的剎那，對方居然還有閒暇拿捏好劍鋒刺入自己身體的位置和深度，這……這是怎樣的武功？陰蛇帶著莫名的震駭和驚恐，一歪頭暈了過去。

「將他抬下去止血救治。」任俠以理所當然的口吻向那些方才還打算群毆的武師下令，「安心靜養半年，他基本可以恢復。」說著，他的目光在場中徐徐掃過，「對我方才的調停，誰還有不同意見？」

所有人——無論是胡商請來的異族武師，還是以長安之豹為首的本地刀客——皆悄悄扔下了刀劍，沒有人再說一句話。

當一種力量強大到超過常人想像之後，人們除了敬畏，就只剩下崇拜，所有敵意和不服全都不再存在。

「很好，那就照義安堂的決定處理，我希望明天就看到你們雙方在醉仙樓擺酒言和。」任俠說著收起長劍，轉身慢慢走向馬車，不再看眾人一眼。

那種特有的自信和驕傲，終於使不遠處觀戰的任天翔明白，他跟場中那些武師果然是兩個世界的人，他們的差距甚至超過了人與猴子的差距。

馬車沿來路徐徐而回，這一次是任俠趕車，他已經不需要為戰鬥保存體力，所以又恢復了他恭謙平凡的本色。

馬車中，季如風與任天翔相對而坐，見任天翔雙拳緊握，額上有豆大的汗珠在滴落，顯然還沒從方才那一劍的興奮中平靜下來，季如風不禁笑問：「方才你全都看清了？」

任天翔使勁點點頭：「不錯，我看得非常清楚。陰蛇先以大笑掩飾殺意，然後悄然拔刀，但就在他刀還未拔出的短短一瞬，任俠的劍已經完成了從拔劍、沉肘到出劍的全部過程，我從沒見過這麼快的劍，我身邊的侍衛，包括褚剛和崑崙奴兄弟，沒一個有這麼犀利的劍法。只是我不明白，他為何要選擇不致命的部位？要知道，劍下留命可比一劍殺敵要難上十倍還不止。」

季如風眼中泛起一絲滿意的微笑，頷首道：

「因為墨家有一條傳續千年的戒律，即『誤殺善人，以命相殉。』所以每一個墨者對自己的出手都異常謹慎，若非萬不得已或確鑿無疑，決不擅殺一人。」

季如風話音剛落，就聽外面趕車的任俠接口道：

「不過，如果是面對殺害老堂主的凶手，我決不會有半點猶豫。任公子，其實我本不想選你做鉅子，因為你已經無數次令老堂主失望。不過，我最終還是選擇了你，那是因為你畢竟是老堂主的兒子，一定會竭盡全力追查殺害老堂主的凶手，為老堂主討還公道。看在這一點上我才選擇了你，想必你不會讓任俠失望吧？」

任天翔吶吶地不知該如何回答，就聽任俠黯然嘆道：

「我是個孤兒，是老堂主收留了我，並親傳我墨門最高深的武學。墨門雖然不興師徒名分，除了祖師墨子，無人可以稱師。但老堂主在我心中就是師父，甚至堪比義父，他的仇我一定要報，作為他的親生兒子，想必你也跟我懷著一樣的心思吧？」

「那是那是！」任天翔言不由衷地敷衍道，「我一直在暗中追查此事，一旦有了線索，我一定會為父親討還公道。」

「很好！」任俠語音中終於有了一絲歡欣，「若是如此，我總算沒有錯選了你。」

馬車在黑暗中徐徐而行，三個人都停止了交談，一時間靜得只剩下馬蹄的聲響。

任天翔見對面的季如風正以一種異樣的目光端詳著自己，他不禁有些心虛，強笑著問：「季叔這麼看著我幹什麼？讓人渾身不自在。」

季如風淡淡笑問：「難道你沒發現自己有什麼特別？」

任天翔茫然搖頭：「我有什麼特別？」

「方才阿俠那一劍，」季如風有些興奮地比劃，「我保證場中除了你和我，沒一個人看清楚，甚至你比我看得還要清楚，難道你不覺得這很奇怪？」

任天翔越發茫然：「這有什麼奇怪？」

季如風喟然嘆道：「從你六歲那年我第一眼見到你，就知道你必定是上天送給墨門的鉅子人選，那年的事你難道一點都沒印象了？」

任天翔使勁撓了撓頭，怎麼也想不起與季如風第一次見面的情形，只得抱歉地搖搖頭。

就見季如風興奮地道：

「那是你剛進任府不久，有一天你無意間闖進了墨家弟子練武的武堂。我正在指導一個墨徒劍法，你當時說了一句話，我至今還清楚地記得。」

「什麼話？」任天翔忙問，六歲那年的事他早已忘了大半，實在想不起自己說過什麼驚世駭俗的言語，能讓季如風牢記這麼多年。

「你當時見那墨徒總是打不過我，便忍不住出言指點──刺他左腳，笨蛋！」

「刺他左腳，笨蛋？」任天翔茫然重複了一遍，啞然失笑，「這是什麼話？我沒覺得有什麼特別啊？」

季如風點點頭：「這話單獨來看是沒什麼特別，但是我那招最大的弱點正好是在左腳。」

任天翔愣了一愣，啞然笑道：「也許是小孩子誤打誤撞說對了吧。」

季如風搖搖頭：

「後來我又試了你幾次，你只要看上幾遍，幾乎每次都能說出我劍招的漏洞和弱點。當時你僅有六歲，而且從未學過武，卻能在我快逾閃電的劍招中發現漏洞，那時我的劍雖然不及今日任俠的劍快，但自信能看清我劍路的人，世間寥寥可數。可是你卻能看清我所有的劍路，而且能很快就發現弱點和漏洞，你知道這是為什麼？」

任天翔茫然搖頭，就見季如風目光炯炯地道：

「那是因為你有一雙遠勝常人的眼睛，更有一顆天生敏銳的頭腦。每個人的眼睛反應速度皆有不同，有人快，有人慢，這種差異通常很小，只有極少數人天生有著遠勝常人的反應速度，能看清白駒過隙甚至小鳥振翅，這種人萬中無一，世所罕見。如果再加上對強弱之勢敏銳的直覺和判斷，這樣的天才，我至今還只見過兩個。」

任天翔好奇地問：「除了我還有誰？」

季如風淡淡道：「另一個就是七歲就名動京師的天才兒童，現為東宮屬官的李泌。」

任天翔恍然笑道：

「李泌七歲就得當今聖上賞識，更被名臣張九齡、嚴挺之等稱為小友，十七歲即待詔翰林，說他是天才那是實至名歸。我不過是眼睛比別人反應快一點，算得上什麼天才？許多武功高手譬如像任俠這樣，經過刻苦修煉也能將眼睛的反應速度大幅提高，不然何以跟高手對敵？」

季如風搖搖頭：

「真正的高手相搏憑的是本能和感覺，根本不需用眼睛去看。因為有些被稱為天賦的東西，是很難通過後天的訓練大幅提高的，比如肌肉的收縮速度，眼睛的反應速度，以及短時間內對各種形勢的準確判斷。真正的高手總是先發現自己天賦所在，然後加以開發和強化，才能達到個人最強的狀態，比如任俠天生有著遠勝常人的肌肉反應速度，所以他的劍才能練到如此之快，不過他的目光卻遠不及你，所以他其實也看不清自己的劍，出手之時完全憑的是感覺和本能。」

任天翔呆了半晌，小心問道：「你……你不是要逼我練武吧？咱們可有言在先，要是非得練武，那這鉅子我乾脆就不做了。」

季如風連連搖頭：「你這天賦若是用來練武，實在是大材小用了。你擁有統帥的天賦，我卻讓你去練將領才練的武藝，豈不是糊塗透頂？我是要你學武，通曉墨門乃至其他各門派的武功，憑著你的頭腦和目光，定可使墨門的實力大幅提升。」

見任天翔依舊茫然，季如風耐心解釋道：「墨門不乏高手，但他們只是衝鋒陷陣的將才，唯有目光敏銳、心思敏捷、能在瞬息萬變的形勢中做出準確判斷的智者，才有可能用其所長，避其所短，成為他們的合格統帥。季某也正因為有這點天賦，所以才被老堂主推為智囊。但是現在我發現你的天賦遠勝於我，所以我要說你是上天賜予墨門的鉅子，從你六歲那年我就堅信不疑。」

見季如風目光炯炯、滿懷期待地望著自己，任天翔不好意思地笑道：「行！只要不讓我練武，讓我學什麼都成。不過我有言在先，萬一我要學不好，你只能怪自己目光不對，可不能怨我啊。」

季如風點點頭：「只要公子拿出一半的認真，我相信就沒什麼難得倒你。」說著，他從貼身處拿出兩本冊子，肅然遞到任天翔面前，「就請鉅子從本門最基本的武功學起，你無須親自去練其中的武技，但你必須知道它們的原理和特點。只可惜墨門經歷千年變故，無論武功還是學說已大半失傳，不過幸好演武堂中還藏有不少其他門派的武功典籍，那是老堂主在世時花了不少代價搜羅而來，希望你能虔心學習，爭取早日做一個合格的鉅子。」

「紙上談兵我要都學不好，那可就真對不住季叔的期待了。」任天翔說著接過兩本古舊的冊子，從封面那古老的隸書上勉強認出，一本是《墨手》，一本是《墨劍》。

唐手

第三章

任天翔笑道：

「《墨手》是一種空手格鬥的武功，我看就改名叫《唐手》吧。

至於《墨劍》，因其簡潔實用，可以視做所有劍法的基礎，

寥寥十餘招，便包含了所有劍法的根本道理，

我看就將之命名為《劍道》吧。」

一連數天，任天翔都躲在自己的書房潛心研究《墨手》與《墨劍》，兩本冊子字數並不多，加上中間還有不少插圖，所以沒幾天他就幾乎能倒背如流。

《墨手》是一種空手格鬥技，包括踢、打、摔、拿諸技，但主要是以掌法為主，擒拿見長，其中手的用途最為突出。而《墨劍》則是一本劍法基礎，招式乾淨俐落，沒有多餘的花招或技巧。其中有招「仙人指路」，正是任俠一劍重創陰蛇的那招。

雖然已經完全記下了兩本秘笈的招式，但任天翔始終對之沒有任何直觀的感覺，他忍不住在書房中照著那些招式親自比劃起來，正忙得滿頭是汗，突聽門外傳來小薇的聲音：

「這太陽還真是打西邊出來了，公子現在不光讀書廢寢忘食，還要學人練武不成？」

任天翔忙打開房門，就見小薇提著食盒進來，將飯菜一樣樣擺到桌上。

這幾天虔心研究《墨手》和《墨劍》，經常錯過飯點，每次也都是小薇按時給自己送飯。任天翔收起書冊，不好意思地笑道：「我讀書累了活動下筋骨，你別大驚小怪。」

「你知道閉門造車是什麼意思嗎？」小薇意味深長地自問自答，「就是有個人將自己關在房中打造一輛最新的馬車，誰知車造好才發現出不了門，原來門太小而車太大，只好將車拆了重來。」

任天翔聞言心中一動，連連點頭道：「想不到你這丫頭居然還知道閉門造車的典故。

不錯，這兩本冊子我已經倒背如流，再自個兒琢磨也沒什麼意思。走！咱們去義安堂，看看別人怎麼練。」

小薇一聽頓時歡呼雀躍，連忙就要跟去，任天翔阻攔不住，只得讓她依舊打扮成小廝的模樣，這才帶上她與崑崙奴兄弟，直奔義安堂總舵。

守門的義安堂弟子雖然不知什麼墨門，更不認識他這個鉅子，不過他們似乎已經得到吩咐，對任天翔等人也就未加阻攔。

任天翔記得任府後院有一座闊有數十丈的大廳，是義安堂弟子練武之所，想必那就是演武堂了。他興沖沖來到那裏，誰知門外卻有義安堂的弟子把守，不容外人進入，他正與把門的弟子爭執，就聽裏面傳來姜振山的聲音：「讓他進來，就他自己。」

任天翔只得將小薇和崑崙奴兄弟留在門外，然後滿懷好奇地進了演武堂。

這演武堂以前就有點神秘，他在做少堂主時也不能隨便就進，好在他對武功也沒什麼興趣，而且對練武的人故作神秘的舉動一向嗤之以鼻，所以除了兒時玩耍偷摸進來過，平日還真沒怎麼留意府中這處特殊的所在。

就見演武堂闊有數十丈，正前方的照壁上有大大的武字，左右兩邊陳列著刀槍劍戟等兵刃，以及藤盔軟甲等護具，大廳中央鋪著厚厚的氈毯，兩個戴著盔甲護具的弟子正手執木劍，你來我往地鬥在一處，看二人出劍的氣勢和招數，顯然就與《墨劍》的原理暗合。

「停！」姜振山一聲斷喝，激鬥中的二人立刻收劍後退。

姜振山拄著拐杖一瘸一拐地來到任天翔面前，抱拳笑問：「公子怎麼突然想起來看咱們練武？」

見任天翔欲言又止，姜振山恍然醒悟，擺手笑道：

「今日正好是墨門一月兩次的演武日，能進這演武堂的都是我墨門弟子。他們已經知道你做鉅子的消息，所以公子不必有什麼顧慮。」

說著他向眾人一招手，眾人立刻齊聲拜道：「弟子拜見鉅子！」

任天翔示意大家不必多禮，然後笑道：「我是讀了《墨手》和《墨劍》，卻始終沒有直觀的感覺，許多地方也不甚了了，所以想親眼看看它們的實力。」

姜振山聞言笑道：「那你今天還真是來對了，本門弟子中將《墨手》練得最好的，當數墨士杜剛，今天他也在，就讓他給公子露上一手。」

隨著姜振山的手勢，就見一個身材精壯高瘦的男子越眾而出，向任天翔抱拳行禮道：

「弟子杜剛，拜見鉅子！」

任天翔認出他就是前日在義堂中見過的墨門十三士之一，三旬年紀，眼神冷厲，渾身上下似透著無窮的勁力。任天翔對他笑著點點頭：「我雖然已將《墨手》牢記於心，但對之卻沒有直觀的感覺，想請你演練一遍，不知可否？」

「弟子遵命！」杜剛說著，就在場中拉開架勢，一招一式地比劃起來，也許是為了讓任天翔看清楚，他出招很慢，不過就算是這樣，也給人一種虎虎生風、無堅不摧的感覺。少時他演練完畢，對任天翔一拜，「請指教。」

任天翔見他演練的招數雖然與《墨手》上記載的一般無二，但卻看不出他的高低深淺，不由笑問：「你能不能跟人過上幾招，讓我真正見識下《墨手》的威力？」

杜剛頷首道：「請公子為我挑選對手。」

任天翔看看左右的墨門弟子，搖頭笑道：「我想另外給你挑兩個對手，不知可否？」

杜剛雖然不理解任天翔的意思，但還是毫不猶豫地點頭：「公子請便！」

任天翔立刻回頭去將崑崙奴兄弟叫了進來，對有些詫異的墨門弟子道：「要想驗證墨手的實力，不能總是由自家人關起門來比試。我這兩個隨從是吐蕃武士，武功還算不錯，難得他們又都是啞巴，不會洩露本門的秘密，就讓他倆與杜剛過上幾招如何？」

杜剛略一沉吟，緩緩點頭道：「弟子沒意見！」

姜振山見眾人皆滿懷期待，他也不好阻攔，只得向杜剛小聲叮囑：「點到為止。」

任天翔用啞語將意圖向崑崙奴兄弟說明，兄弟二人笑著解下兵刃，並肩來到場中，對杜剛略一示意，立刻分成兩路，向他包抄過去。

二人一旦出手，儼然兩隻配合默契的黑豹，一左一右成夾擊之勢，隱隱封住了杜剛所有的退路。……

任天翔知道二人從小練的就是凶狠實用的吐蕃武功，一出手便是致命的招數，尤其二人心靈相通，聯手出擊異常默契，實力絕非二人簡單的相加。他正擔心沒有事先叮囑他們手下留情，就見二人已經同時出手，一左一右分襲杜剛腰肋，意圖將之一招拿下。

就見原本端立不動的杜剛，突然向左橫移一步，搶先迎上了左方的阿崑，幾乎同時，他的左掌已閃電般拍出，與阿崑對了一掌。跟著雙掌猶如連環亂刀源源砍出，逼得阿崑不得不連連倒退，左支右絀十分狼狽，而右面的阿崙則緊追在杜剛身後，但就這一步的距離，卻怎麼也追之不及。

片刻間，左方的阿崑就被逼得連退十餘步，撞到一旁的兵刃架後摔倒在地，眼見杜剛快逾閃電的手如刀一般砍到，他不及細想，順手抄起一柄單刀便砍了過去，就見對方的手掌由直砍改為橫拍，準確地拍在刀面上，那柄精鋼打造的單刀立刻應聲折斷，跟著杜剛的掌鋒停在了阿崑的鼻子上，離鼻尖不到一寸。

阿嵛直到此刻才追上杜剛的身形，擊向杜剛後心的一拳尚未擊實，就見杜剛身體突然向一旁翻滾倒地，避開他後心這一拳的同時，兩腳連環飛起，左腳架開了他這一記重拳。右足尖則停在了阿嵛咽喉之上。阿嵛面如土色不敢再動，他知道若是實戰，他的喉結已經被這一腳踢碎。

阿崑也是面如土色半坐於地，若不是點到即止，方才他的鼻子已吃了對方重重一記手刀，看對方出手的速度和力量，估計這一掌不會比一柄鋼刀砍在臉上好受多少。

兄弟二人猶在回想方才的險惡，杜剛已從地上一躍而起，面色如常地對二人躬身一拜：「承讓！」

兄弟二人尷尬地起身，滿臉慚愧地向主人跪倒，似乎在為自己的不力道歉。

任天翔則滿臉震驚地打量著杜剛，方才他所有的招式任天翔都看得清清楚楚，無一不是出自《墨手》，但是那速度那力量，以及對招式運用之巧妙，遠遠超過了崑嵛奴兄弟。想崑嵛奴兄弟的武功，在江湖中也算得上一流，二人聯手的威力甚至超過兩個一流高手，但二人在杜剛面前不到十招就一敗塗地，看杜剛的從容和輕鬆，顯然還未盡全力。

「這就是《墨手》？」任天翔十分震驚，「如此犀利的武功，為何在江湖上卻是籍籍無名？好像我從來就沒有聽說過。」

「因為，」身後傳來一個熟悉的聲音，「自秦漢以來，墨家深為朝廷所忌，墨家弟子不敢以真實身分示人，更不敢以墨家武功炫耀。別的門派是以武功名揚天下為榮，唯有咱們墨門，是以隱藏身分和武功為上，所以江湖上無人知曉也就不奇怪了。」

任天翔聽出是季如風的聲音，忙回頭拱手為禮，惋惜道：「本門武功如此高明，卻在江湖上籍籍無名，實在令人遺憾，難道大家就都甘心？」

季如風挨著任天翔跪坐下來，淡淡道：「墨家弟子練武不是為了出風頭，你問問杜剛，他練武最大的目的是什麼？」

見任天翔望向自己，杜剛微微一笑：

「我剛開始練武時，也是幻想擁有一身好本事，就可以不受惡人欺負，還可以幫助弱小，名利雙收。但是當我達到一定高度後，練武本身就成了我最大的目的，其他都微不足道。」

任天翔先是有些不解，不過很快就有所領悟，微微頷首道：

「我明白了，就像是琴師操琴，普通琴師只是以此為謀生手段，而真正能達到極高境界的琴師，必定是以操琴為樂，音樂本身就是他練琴的最大目的。」

杜剛想了想，頷首道：「公子這個類比很好，我練武，就是要不斷挑戰自己身體的極限，這就像是一種孤獨的修行，名利根本就不重要。」

任天翔完全能理解，但還是感到惋惜，忍不住問：「難道你就沒想過與其他門派的武士交流？武功只有在相互交流和促進中才能進步啊！」

季如風頷首道：「你說得不錯，武功只有在競爭中才能進步。所以從春秋戰國時代始，諸子百家便定期要進行交流，既交流學術思想，也相互印證武功，這種交流大會便是『百家論道』。不過，後來隨著百家的凋零和儒家的獨大，這種聚會一度中斷，直到大唐貞觀年間，百家再度興盛，這種交流才又重新恢復。從那時開始，江湖上每隔十年便會舉行一次『百家論道』的聚會，地點通常是選在名山大川。上一次是在嵩山嵩陽書院，所以也叫嵩山論道。」

任天翔忙問：「咱們墨家曾是與儒家齊名的先秦顯學，這樣的盛會當然不會落下，就不知咱們在嵩山論道時，有沒有一鳴驚人？」

季如風搖搖頭：「任堂主當年雖然也帶人去嵩山觀禮，但並沒有參與論道。因為墨門早已在江湖中消失千載，好不容易有義安堂這點根基，任堂主不想拿它去追逐那些虛名。不僅如此，任堂主還嚴令墨門弟子，不得向外人暴露墨門武功的實力。」

任天翔惋惜道：「本門有如此高明的武功，若不與百家交流，相互競爭促進，那就實在是太可惜了。不知道上一次嵩山論道，有哪些門派參與，又是哪個門派力挫群雄爭得第一？」

季如風白了任天翔一眼：「百家論道，顧名思義是以交流思想為主，在你嘴裏竟成了綠林強盜比武爭鬥？」

任天翔不好意思地嘿嘿笑道：「我這也是從人之常情來推測，想學術上的東西，很難靠辯論爭出個誰優誰劣，孰高孰低。只有武功可以通過比試一較高下，優劣再無爭議。所以我想百家論道，最終還是要通過武功來說話，誰能力挫群雄，誰就是百家中的第一家。」

季如風有些驚詫地打量了任天翔一眼，頷首嘆道：「你還真說對了，百家論道最後成了百家論劍。參與其會的眾多門派，包括釋門、道門、商門等實力超群的名門大派，最終都敗在了儒門劍士的長劍之下。」

「儒……儒門？」

任天翔吃了一驚，在他的記憶中，儒門就是一個整天只知之乎者也的學派，儒生就是書呆子的另一種稱呼，從他們的祖師爺孔丘開始，好像就沒出過什麼了不起的武學高手，這群書呆子卻力壓天下群雄，奪得嵩山論道的第一門派，這感覺簡直就像是聽到猴子當了人類的帝王一般。

「不要小看了儒門。」季如風微微嘆道，「自秦漢以來，唯有儒門與道門幾乎沒有受到過來自官府的打壓，因而擁有最為廣泛的信眾和弟子。而儒門更是受到歷朝歷代官府的倚重和優待，在隋朝門閥制沒落、科舉制興起之後，儒門弟子大批踏入仕途，成為一支可以影響甚至左右天下大勢的力量，儒門也一躍而成為天下第一豪門。在這種情形下，武林中無數趨炎附勢之徒紛紛投身儒門，使儒門實力倍增。除此之外，儒門還有自己的研武院，對各派武功兼收並蓄，並加以改進和發展，使之融入儒門武功之中。經過上千年的不斷發展和進步，儒門已經成為與釋門、道門並立的三大門派之一。它不光以文聞名天下，其研武院出來的高手，在江湖上也是罕有對手。」

「那咱們更該跟他們切磋交流了！」任天翔頓時來了興趣，「墨門在春秋戰國時代，無論名望還是成就俱勝過儒門，不能到了我這裏卻只能看著儒門風光，不然咱們何以面對祖師爺？咱們也像儒門那樣廣收門徒，授以《墨手》和《墨劍》這樣的高明武功，我不信還能讓儒門給比了下去。」

季如風啞然笑道：「《墨手》和《墨劍》只是墨門初級武功，算不得多高明。不過只可惜墨門許多高深的武功，大都在秦漢時遭殘酷鎮壓而失傳。」

說到這，他眼中閃過一絲肅然，「這也是老堂主不願輕易暴露本門武功實力的原因，雖然現在朝廷對各種百家雜學比較寬容，但誰又能保證十年或百年後，朝廷不會對墨門再起殺心？」

任天翔笑道：「那咱們也不能因噎廢食啊，沒有眾多的弟子和強大的實力，豈不更容易被人消滅？要想踐行祖師的思想，必須要有強大的實力做後盾。如果擔心墨者為朝廷所忌，咱們可以換一個名字。就像咱們現在對外自稱義門一般，可以將《墨手》、《墨劍》這樣的武功，換個名字再廣授門徒。」

季如風眉梢一跳，神情似有所動。杜剛也若有所思地道：「公子此言甚是在理，若能將《墨手》、《墨劍》換個名字教給更多的弟子，而不是僅傳授給少數墨門弟子，定可使義安堂的實力大增。」

季如風微微頷首，捋鬚問道：

「那你們覺得，換成什麼名字為妥？」

任天翔笑道：

「《墨手》是一種空手格鬥的武功，我看就改名叫《唐手》吧。如果有人追究淵源，咱們就說是義門高手集眾家武功之長研修而成，咱們不敢掠他人之美，就以本朝之號為名，是為《唐手》。至於《墨劍》，因其簡潔實用，可以視做所有劍法的基礎，寥寥十餘招，便包含了所有劍法的根本道理，我看就將之命名為《劍道》吧。」

「唐手？劍道？」季如風沉吟道，「果然有些道理，那以後它們就叫這個名字。」眾弟子紛紛點頭，欣然議論道：「如此一來，以後也可以將它們傳授給義安堂弟子了，定可使義安堂實力大增，本門的實力也就隨之大增。」

任天翔鼓掌笑道：「不僅如此，咱們還可以用義門的名號，正大光明地參加百家論道的盛會，憑《唐手》和《劍道》為本門正名。對了，下一次百家論道是什麼時候舉行？在哪裡舉行？」

姜振山搶著答道：「明年三月，在泰山之巔的玉皇頂，所以也稱泰山論道。」

任天翔呵呵笑道：「看來儒門還真以為自己是天下至尊，要想借泰山論道君臨天下了，既然如此，咱們更不能讓它再繼續風光下去。若不能從儒門手中奪回天下第一門的稱號，咱們有何面目去見祖師爺？」

季如風眉頭大皺，搖頭道：「墨門以和為上，怎可為了虛名就妄起爭強鬥狠之心？」

任天翔吐吐舌頭，眼珠一轉又有了主意，嘻嘻笑道：

「大家既然選我做鉅子，自然是希望我能振興墨門，不讓儒、釋、道等派專美於前。

要想振興墨門，有什麼比在百家論道的盛會上一鳴驚人更迅速的呢？只要義門能一舉奪得天下第一的名號，天下人莫不爭相趨從，有了舉世矚目的名望，也才有中興本門的基礎。」

季如風沉吟不語，似在權衡度量。姜振山則連連點頭讚道：「不錯！想我墨門先輩，若沒有極高的名望，怎可組成數百甚至上千人的墨家軍，以實際行動幫扶弱小，抵禦強權。」

季如風兩眼一翻，冷冷道：「墨家也正是因為這點，倍受歷朝歷代官府猜忌，遭到殘酷鎮壓。如今咱們好不容易有了義安堂這點根基，萬不可再有這種好大喜功的心態。」

「但是咱們也不能完全無所作為啊！」任天翔急道，「咱們就算不能重奪天下第一門的名號，重塑墨門在先秦之前的輝煌，至少也要在百家論道中爭得一席之地，方不負本門歷代先輩的期望啊。」

季如風沉吟道：「墨門經千年隱伏，如今要改頭換面重出江湖，此事關係太過重大，需由眾位長老共議方可作決，不可草率行事。」

說到這，他話鋒一轉，「你要想率眾參加百家論道，需先證明你是一個合格的鉅子才行。這《墨手》與《墨劍》你雖然已經有所收穫，但那只是本門的入門功夫，這演武堂後方的藏經閣中，有老堂主生前搜集的天下各門各派武功秘笈，等你知曉了它們的奧秘，再談參加泰山論道不遲。」

任天翔嘻嘻笑道：「其他門派的武功，怎及得上咱們義門武功的高明，一個最初級的唐手與劍道，就已經足夠對付江湖上的一流高手。咱們若能儘快找到祖師的陵墓，起出墓中陪葬的墨家經典和秘笈，本門的實力將會突飛猛進地增長，屆時未嘗不可與儒門一較長短，重現我墨家先輩的輝煌。」

此言一出，無數墨家弟子也都神情激蕩，躍躍欲試。

誰知季如風卻冷冷道：「你若不能證明自己是個合格的鉅子，一切計畫俱是泡影。你現在當務之急不是要重振墨門，而是要儘快通曉藏經閣中所藏之武功秘笈，以此來證明自己是個合格的鉅子。」

「就算是要學武，也應該學習最高明的武技。」任天翔望向季如風，針鋒相對道，「既然本門武功如此高明，而且許多高深的武學已經失傳，那麼打開墨子墓、找回那些失傳的武學才是當務之急。如今義字璧已經復原，它的正面是個大大的義字，而它的背面則是一幅地圖，想來那就是墨子墓的路標。如果不儘快根據這幅地圖找到墨子墓，我怕會夜長夢多。至於我是否是個合格的鉅子，我想找到墨子墓，找回墨門失傳已久的武功，這就是最好的證明。」

在任天翔自信的目光注視下，季如風也不禁猶豫起來。隱約從這目光之中，看到了與老堂主一樣的自負和決斷。但是他知道任天翔還不是一個合格的鉅子，還無法從容指揮和駕馭墨門強大的力量，所以他忍不住提醒道：

「相信除了咱們，還有不少人對墨子墓虎視眈眈，咱們一旦輕舉妄動……」

任天翔抬手打斷了季如風的規勸，傲然道：「我已經親眼見識過任俠和杜剛的武功，想來其他墨士與他們也應該是不相伯仲。有十三個這樣的絕頂高手，若再加上我身邊信得過的兄弟，我不相信還有什麼困難不能克服。」

季如風忙道：「這是關係墨門生死存亡的大事，我不希望有外人……」

任天翔再次抬手打斷了季如風的話，決然道：「那些皇家侍衛確實是外人，我不會讓他們知曉。不過與我出生入死的兄弟也算是外人？別忘了秦王墓中那塊義字璧，他們也有功勞，而且我已經習慣了帶上他們一起行動。」

季如風遲疑道：「他們畢竟不是墨門中人。」

任天翔笑道，「本門要想發展，以後肯定要廣收門徒。不如就從我身邊的兄弟收起，咱們對新門徒就稱義門，待他們有一定資歷後，再告訴他們本門的淵源和來歷。如此一來，他們也算是義門弟子，讓他們參與其事也不算逾矩。」

季如風想了想，無奈道：「你是墨門十三士共同選出的鉅子，在具體事務上，有著說一不二的權力。如果你一定要堅持，屬下只能全力配合，不過我要再次提醒你，你對可能的對手還一無所知，對墨門也還不能完全駕馭，貿然行事必有凶險！」

任天翔不以為意道：「機會與風險往往是同生共存，如果老是謹小慎微不冒風險，也許一輩子也不會有機會上門。既然我是鉅子，那麼我最後再重申一次，我主意已決，任何理由也不能改變我的決定，除非是廢了我這個鉅子。」

面對任天翔堅毅和決斷的目光，季如風無奈低下頭：「好吧，我這就調集墨門十二士，隨時聽候鉅子差遣。」

「所有墨士齊出，會不會有點過了？」任天翔笑問，「兵在精而不在多，咱們選上三五個墨士，再加上幾個對墓穴有研究的弟子，差不多就夠了吧？」

季如風憂心忡忡地道：「此事關係實在太過重大，再怎麼小心都不為過。我只恨能達到『士』這個級別的弟子太少，不然我會稍微放心一點。」

「季叔實在是太謹慎了！」任天翔不以為然地笑了笑，突然若有所思地問，「本門的《墨手》與《墨劍》我已見識過，尤其是任俠那一劍之威，實在令人嘆為觀止。不知本門還有沒有比那更高明的劍法？」

季如風淡然道：「當然有。」

任天翔忙問：「叫什麼？」

季如風緩緩道：「比《墨劍》更高明的是《忍劍》，只可惜《忍劍》只有寥寥數招流傳下來，不過就算是這樣，也已經足夠墨家弟子窮盡一生去修習。」

任天翔頓時悠然神往，望空輕嘆：

「一部《墨劍》已有如此威力，如果能找到墨子墓，讓完整的《忍劍》重現江湖，那該是怎樣的情形？儒門那些靠東拼西湊、雜七雜八而成的劍法，想必不能再與本門劍法相提並論了吧。」

眾人聞言不由暗自點頭，眼中滿是期待。廳中眾人皆是墨徒以上的弟子，對寥寥數招《忍劍》的殘譜已經敬若神明，如果能讓完整的《忍劍》重見天日，這情形想想都令人激動。

眾人正悠然神往之時，突聽任天翔又問：

「有沒有比《忍劍》更高明的劍法？」

眾人的臉色頓時有些異樣，皆閉口不言，那神情就如同常人聽到鬼的名字一般，有種發自靈魂深處的回避和畏縮。

任天翔見狀，心中暗自奇怪——按說墨門若有比《忍劍》更高明的劍法，作為墨門弟子應該感到驕傲和自豪才是，哪怕自己從來沒有學過，也會忍不住向別人炫耀。可看這些墨家弟子的表情，顯然是不願提起它的名字，任天翔不禁奇道：

「看大家這模樣，顯然是有了，它叫什麼名字？總不會連名字都失傳了吧？」

眾人盡皆默然，似乎那名字都是一種魔咒，令人不敢輕易念出。廳中一時靜默下來，寂靜中，突然響起季如風乾澀的嗓音：「比《忍劍》更高明的是《死劍》，只有墨士以上的弟子才能修習。」

「死劍？」任天翔皺起眉頭，「這名字倒是有些特別，想必此劍一出，不是敵死就是我亡，所以才名為『死劍』吧？不知誰能為我演練一下，讓我一開眼界？」

眾人臉上再次變色，皆望向了季如風，就見季如風神情肅穆，眼神森然，對任天翔搖頭嘆道：「這劍法不是給人看的，我希望你永遠都不要看到它——永遠！」

不等任天翔再問，季如風對他拱手一拜，起身拂袖而去，邊走邊道：「我這就去通知所有墨士，讓他們隨時聽候鉅子調遣。」

目送著季如風匆匆離去的背影，任天翔越發好奇，在心中暗忖：這究竟是個什麼樣的劍法，竟然令所有人都不願提起？難道它比死亡還令人恐懼？

就在任天翔於演武堂看墨門弟子練武之時，在蕭宅一間僻靜的書房中，蕭傲正如困獸般在房中來回踱步，一旁悠然獨坐的蕭倩玉一聲嗤笑：

「堂堂義安堂大堂主，讓一個不學無術的紈褲子生生騎到了頭上，也只能在這裏繞圈子。」

「閉嘴！」蕭傲碧綠的眼眸中閃爍著氣急敗壞的怒火，「你除了譏笑嘲諷，又能有什麼好主意？」

蕭倩玉優雅地捋了捋鬢邊一縷秀髮，悠然笑道：「主意倒是有，不過就怕你沒那個魄力。」

見蕭傲虎視眈眈地的目光落在了自己臉上，蕭倩玉勾勾手指，然後對湊近的蕭傲悄聲道：「現在那小子已經拿到完整的義字璧，下一步必定就是要率人去尋找墨子墓。我敢肯定，這事他不會要你和歐陽顯參與，不過憑你在義安堂的地位，一定有辦法打聽到他們的行蹤。」

蕭傲一愣：「我打聽這個做什麼？總不能帶人去搶吧？他畢竟是墨門十三士共同推選

出來的鉅子，我若公然與之為敵，必遭到所有墨門弟子的反對。」

蕭倩玉悠然一笑：「不需要你蕭堂主親自帶人去搶，你只需將他們的行蹤透露給我，我自有辦法讓他們空手而回。如果那小子在如此重大的行動上失手，他還有資格做鉅子嗎？」

蕭傲將信將疑地打量著蕭倩玉，驚訝問道：「你一個婦道人家，有什麼辦法阻止墨門十三士的行動？」

蕭倩玉淺淺一笑：「我一個婦道人家，既然有辦法將你扶上堂主之位，自然也有辦法讓你做了墨門的鉅子。難道你對我的能力還有懷疑？」

在蕭倩玉勾魂攝魄的目光注視下，蕭傲的目光漸漸柔和下來，他微微頷首道：「十三墨士中的顧心遠，與我是多年的交情，只要我開口求他，他一定不會拒絕。」

蕭倩玉大喜：「那還不趕緊將他找來，聽說季如風已經在調集人手，顯然行動就在眼前。」

蕭傲示意她暫且回避，然後對門外一聲高喊：「來人，去叫顧心遠來見我！」

門外守衛的弟子應聲而去，少時就聽門外傳來一聲問候：「弟子顧心遠，給蕭堂主請安！」

蕭傲讓蕭倩玉避到屏風後，然後親自上前打開房門，將一個四旬出頭的中年男子迎了進來，就見來人身形矮小乾瘦，模樣毫不起眼，唯有一雙眸子偶爾閃過炯炯神光，令人側目。

「你我不是外人，顧兄弟不必多禮。」蕭傲挽起顧心遠的手，呵呵笑道，「一直想找顧兄弟喝酒，只可惜雜事纏身，始終未能如願，今天難得有空，我讓廚下準備酒宴，定與顧兄弟一醉方休。」

顧心遠忙垂手一拜：「多謝堂主厚愛，不知堂主有何事差遣？」

蕭傲收起笑容，淡淡問道：

「聽說季如風在召集墨門十三士，多少年了，還從來沒有這麼多墨門高手傾巢而出去執行一件任務，可見它的重要。身為義安堂堂主和墨門長老，我多少也有些放心不下，但新鉅子對我有偏見，不願讓我參與。我想請顧兄弟幫忙，讓我可以為這次行動略盡綿薄之力。」

顧心遠頓時有些為難，遲疑道：

「墨門的規矩想必堂主一清二楚，顧某只聽令於鉅子和他授權的長老，季長老一再叮囑要嚴守機密，我不能……」

「難道顧兄弟還信不過我？難道你們的行動連我這個堂主都要保密？」蕭傲哈哈一笑，拍拍顧心遠肩頭道，「我只是想率人接應你們，以防萬一。畢竟新鉅子年少輕狂，難免有所疏漏。你知道這次行動有多重要，再多的小心都不為過。在下身為義安堂堂主，若不能保證大家萬無一失，定會寢食難安。」

顧心遠遲疑良久，終於頷首問：「不知堂主要我如何做？」

蕭傲沉吟道：「鉅子對我有偏見，所以不想讓我參與其事。我也不想要顧兄弟為難，你只需在你們走過的道路上留下暗記，讓我可以率人暗中接應你們。如果沒有任何意外，那是皆大歡喜，若遇變故，咱們也多一個應付的手段。」

顧心遠想了想，終於點頭答應：「那好，我就沿途留下標記，為堂主指路。」

「一言為定！」蕭傲伸手與顧心遠一握，呵呵笑道，「如此一來，可保這次行動萬無一失！」

親自將顧心遠送出房門，蕭傲回頭望向屏風，就見蕭倩玉從屏風後悄然轉出，滿心歡喜地鼓掌輕笑：「太好了！只要掌握了他們的行蹤，他們就別想拿到墨子墓中的東西。」

跟蹤

第四章

任天翔略一示意，崑崙奴兄弟立刻攀岩而上，

二人俱是生長在高原的吐蕃人，在山地中如履平地。

二人清掉岩壁上的雜草荊棘，一個天然岩洞便在峭壁上露了出來。

魯行見狀欣喜地輕呼：「龍眼！入口必定就在這裏了！」

清晨，薄霧籠罩著長安城郊外起伏的山巒，朝陽被擋在厚厚的雲層之外，缺少了霞光的點染，山巒便多了一種幽暗和陰鬱的味道，加上薄霧的籠罩，給人一種不類人間的幻覺。

薄霧之中，山巒之巔，司馬瑜蕭然負手而立，獨自眺望著遠方那巍峨矗立的城郭，那座當世最宏大的城池，此刻還在睡夢之中，像個靜臥的處子。

該有所行動了！司馬瑜在心中暗忖，估算著對手耐心的極限。按時間來算，現在應該是他最可能行動的時間段，難道是我估算有誤？或者是他比以前更能沉住氣了？

司馬瑜正在閉目冥想，突聽身後傳來細微的腳步聲，如山間的靈貓般輕盈。他不用回頭也知道是誰，忍不住開口問：「長安有消息了？」

「公子料事如神！」辛乙在司馬瑜身後三尺外停了下來，望向他背影的目光充滿了敬仰。

這個背影單薄的書生根本沒練過武，但世間任何細微的動靜似乎都逃不過他的耳目，無論是自己輕盈無聲的腳步，還是遠在長安發生的風吹草動。

「任天翔率人離開長安了？」司馬瑜頭也不回地問。

「對！率十多人出延興門直奔東方。」辛乙望向山下的官道，那是延興門往東的必經之路，他很奇怪司馬瑜怎麼會預先知道這點。不過他沒有多問，只道，「算算腳程他們應該快到了，我已讓人做好了準備。」

話音剛落，薄霧中就傳來隱約的馬蹄聲，像是天邊隱約的春雷。

司馬瑜瞑目細聽片刻，喃喃自語道：「一共二十騎，看來義安堂高手是傾巢而出了。」

辛乙凝目望向薄霧深處，卻只能看到幾個影影綽綽的影子，直到那一彪快騎風馳電掣般破開霧氣從山下馳過，他才目瞪口呆說不出話來——果然是二十騎，不多也不少。

看看那二十快騎已經徹底消失在薄霧深處，馬蹄聲更是早已消失殆盡，辛乙忍不住小聲提醒：「他們走遠了，我這就讓人跟上去。」

「不忙，再等等。」司馬瑜瞑目深吸著清晨清涼的空氣，似乎能從中嗅出獵物的行蹤。

辛乙不知道還要等什麼，但是他沒有多問，他知道司馬瑜的每一個決定都必有深意，這個貌似柔弱的年輕師爺，有著遠超常人的敏銳洞察力和預見性，這種能力已經在短短幾個月就得到過無數次的證明。

山下有兩匹快馬疾馳而過，從騎手的打扮來看，那是兩個護送加急快報的驛卒，不過辛乙從他們的騎姿就知道，如此高明的身手不可能去做驛卒，那只是掩護他們身分的幌子。

兩名驛卒過去沒多久，就見二十多騎分成兩隊，一前一後疾馳而過。

雖然那些騎手皆身著最普通的武士服，臉上蒙著遮擋風沙的圍脖，但辛乙還是猜到了他們的身分：「是洪勝幫的人！他們怎麼知道任天翔的行動？」

司馬瑜淡淡笑道：「洪景若連這點本事都沒有，洪勝幫早已被義安堂吞併，他也沒資格做任重遠的對手。」

辛乙笑道：「現在咱們可以令朗傑法師行動了吧？」

司馬瑜看看天色，悠然道：「薩滿教有一種秘密跟蹤的方法，可以追蹤百里外的目標。讓他們分散行動，萬不可暴露行蹤。」

辛乙點點頭，突然笑道：「對了，我還給公子帶回來一個朋友，我相信公子一定會喜歡。」

司馬瑜順著辛乙所指望去，就見一個熟悉的身影正靜靜地立在遠處一棵大樹之下，雖然他已經換成了唐人的服飾，但那抱胸挺立的站姿，還是暴露了他的與眾不同。

司馬瑜又驚又喜，失聲輕呼：「是小川！太好了！我一直在找他！」

小川見司馬瑜望向自己，忙大步來到二人面前，對司馬瑜鞠躬拜道：「聽辛乙君說，公子有事需要我幫忙，小川便立刻隨辛乙君前來。」

「小川君來得正是時候！」司馬瑜欣然挽起小川流雲的手，「我正需要人幫忙，有小川君助我，那是再好不過！」

泰山，歷來被尊為五嶽之首，故有孔子登東山而小魯，登泰山而小天下之說，也是歷代帝王封禪祭天之重要場所。當任天翔率眾穿州過府來到泰山腳下，仰望巍然入雲的泰山主峰，也不禁為它的宏偉雄奇而震撼。

「祖師爺為魯國人，難怪會將泰山選為陵寢之地。」季如風手搭涼棚仰頭遠眺，目光中透著莫名的興奮和期待。

任天翔則拿出一張嶄新的地圖，那是從義字璧上拓印下來的複製圖，然後對照著山勢仔細查看，從地圖上辨認墨子墓所在的位置。

看了半晌，最後指向一條淹沒在雜草和叢林中的小道：「好像應該是從這裏上山，具體的位置好像該在接近山巔的位置。」

季如風立刻搖頭道：「祖師爺雖為聖人，但從不自認為比他人高貴，決不會將自己葬在泰山之巔，死後還想著君臨天下，那決不是祖師爺的性格。」

任天翔似信非信地仔細再看，果然發現眼前的山勢與地圖略有出入。他心中一動，將地圖顛倒過來，才發現先前的山峰變成了山谷，標明陵墓的位置，應該是在一處山谷之中。

他欣然擊掌道：「果然如此，陵墓是在一處山谷之中。只是偌大泰山，像這樣的山谷不知有多少，咱們要一個個找過來，不知要找到猴年馬月。」

季如風見任天翔望向自己，淡然笑道：「別看我，你是鉅子，應該學著自己想辦法拿主意。我們這所有的人，現在都是以你為主心骨。」

任天翔眼珠一轉，立刻將地圖交給眾人道：「大家記住這地圖，然後兩人一組分頭去找，一旦發現與這地圖類似的山谷，便以信炮聯絡。無論有沒有結果，天黑之前回這兒集合。」

聽得任天翔吩咐，褚剛與墨門十三士立刻分頭行動，任天翔也率餘下眾人循著山路徐徐而上，希望能有所發現。但泰山何其廣大，連搜三天也一無所獲，甚至未能搜遍其十分之一。

雖然地圖上也有明顯的標誌性地形，但經歷上千年的滄桑巨變，曾經是標誌性的地形早已面目全非，再難辨認。對著連綿數百里的山巒峰谷，任天翔一籌莫展，第一次意識到自己將困難估計得太過簡單。

這次與任天翔同來的，除了褚剛、崑崙奴兄弟，以及墨門十三士和季如風與姜振山，還有一個不起眼的中年男子。相貌有些猥瑣，一路上一言不發，很容易讓人忽略他的存在。不過，季如風卻一直沒有忽略過他，總是與他在一起，甚至偶爾還小聲向他詢問。

任天翔見狀，心中一亮，不由對季如風笑道：「季叔既然帶了個如此高明的專業人士，怎麼不早點提醒我？」

那弟子忙拱手道：「墨徒魯行，拜見鉅子。」

任天翔急忙問道：「你是蘇叔的弟子，一定精通如何尋找墓穴。祖師爺也敬拜鬼神，在墓穴的選擇上也一定相信風水，以你專業的眼光，必定知道如何縮小搜索的範圍。」

魯行忙道：「師父雖然教過弟子看風望水，但這畢竟是一種模稜兩可的技藝，非一朝一夕可以練就。弟子也是僅知其理，不敢輕易妄言。」

「沒關係，你儘管按自己的判斷大膽地說，錯了也不要緊。」任天翔鼓勵道，「反正咱們有的是時間，錯了一次，咱們再找第二次，錯了兩次可以再找第三次，總能找到準確的地點。」

魯行深吸了口氣，這才緩緩道：

「山稜為陽，山谷為陰，祖師爺如果也懂陰陽和風水，必定會選擇陰陽調和之地，作為自己陵寢之所。除此之外，山谷的大小也有講究……」

「等等！」任天翔忙打斷道，「啥叫陰陽調和之地？」

魯行忙解釋道：「就是山谷中不能終日不見陽光，以免陰氣過度聚集。」

任天翔似懂非懂地點點頭：「原來如此，說下去。」

魯行又列出了幾個選陵的禁忌，最後道：

「按照這些條件來排除，絕大部分山谷咱們都不必再看，只需仔細比較和搜索這幾處山谷就行。」

魯行說著，將一幅當地的地圖在地上鋪開，然後在圖上標出了幾個山谷的位置，最後道：「這只是我按照風水學估算出的最可能地點，不敢保證一定就準確。」

「太好了！」任天翔興奮地一拍大腿，「據記載，墨子生前最敬鬼神，一定相信風水之說。明天咱們就照這個圖去找，祖師爺在天有靈，一定會保佑咱們。」

第二天一早，眾人便照著魯行劃定的地點分頭尋找，就在天色將黑之際，終見一枚信炮升上半空，那是找到目標後的約定信號。

任天翔一見之下大喜過望，立刻帶著褚剛等人趕了過去。

就見一個林木茂盛的山谷出現在眼前，雖處於群山環抱之中，依然給人一種藏龍臥虎的氣象，即便是任天翔這樣對風水毫無研究的外行，也看出它果然是處難得的風水寶地。

魯行與季如風等人早已來到這裏，魯行興奮地指向山谷深處：

「你看這橫貫百里的山嶺，在這裏轉折形成這山谷，猶如一條巨龍在護佑這處山谷，這在風水上叫做龍回頭，是難得一見的陵地。它與義字璧上的地圖十分吻合，若無意外，這裏必定就是祖師爺寢陵所在。」

「太好了！」任天翔大喜，拿出地圖仔細一對，果然與這山谷十分吻合，他忍不住拍拍魯行肩頭，欣然鼓勵道，「那就仰仗魯兄以你專業的眼光，加上這張圖的指引，儘快找到其入口。我想祖師爺既然早就預料到了這一天，特意將自己畢生所學和發明創造藏於墓地，那就必定會給後人留下可以順利進入的入口。」

魯行欣然點頭：「弟子遵命！」

與任天翔和眾人的興奮不同，季如風回首眺望山谷之外，眼中隱然閃過一絲憂色。

任天翔見狀忍不住問道：「季叔在擔心什麼？」

季如風肅然道：「咱們這麼大的行動，難保不會有人悄然尾隨而來，怎不讓人擔心？」

任天翔哈哈笑道：「就算有人跟來又如何？有墨門十三士加上咱們這幾人，尋常人又奈我何？」

季如風望望天色，憂心忡忡地道：「既然敢跟來，那就必定不是尋常之人，依我之見還是留下標記暫且離開，在確保萬無一失之後，再重新回來發掘。」

姜振山也贊同道：「季兄弟雖說有時候有點謹慎過分，但此事關係實在太過重大，不容有半點閃失，就算再怎麼謹慎也不算過分。依老夫愚見，還是聽季兄弟之言，暫緩行動。」

眼見垂涎已久的墨子墓就在眼前，任天翔怎耐得住心中的衝動，見季如風和姜振山都主張暫緩行動，他便望向墨門十三士笑道：

「你們什麼意見？莫非也想等上一年半載再繼續？」

墨門十三士都沒有開口，不過大多數人眼中都閃爍著好奇和興奮交織的神色，他們胸中的渴望顯然已超越了一切顧慮。

任天翔見狀，對季如風笑道：「你看大家已經做出了決定，顯然想法跟我是一樣。季叔不用擔心，只要咱們謹慎一點，應該不會有事。」

說到這，他向褚剛和眾墨士吩咐道：「你們去山谷外警戒，一旦發現有異就發信炮報警。在任何情況下，都不要放任何一個人進入這山谷。」

眾墨士轟然答應，立刻分頭去山谷外警戒。

安排完這一切，任天翔回頭對季如風笑道：「有他們在外警戒，季叔該放心了吧，萬一真有人要闖進來，我便毀掉這張地圖和義字璧，沒有了地圖，就算他們知道墨子墓就在這山谷中，要想找到只怕也不容易。」

這山谷說大不大，說小也不小，如果沒有地圖的指引，要想找到墨子墓的所在，只怕也是十分困難。雖然如此，季如風依舊是憂心忡忡，還想再說什麼，卻已被任天翔笑著打斷道：

「大家為這一天已經辛苦了小半個月，眼看目標就在眼前，若是就這樣停手，一定會挫傷大家的士氣。再說冥冥中自有天意，若祖師爺留下的這筆財富，命中注定不該由咱們來繼承，就算再怎麼謹慎小心也只怕沒用。」

季如風再無話可說，只得隨眾人進入山谷深處。

但見谷中林木茂盛，四周山崖如巍巍巨龍，將整個山谷守護在其懷中，果然是處深藏於崇山峻嶺中的風水寶地。

眾人披荊斬棘前行百丈，就見前方一面荊棘遮蔽的山岩攔住了去路，山崖前是一塊山花爛漫的草地，平整如鏡，闊有數十丈，在這崇山峻嶺之中實是十分難得。

魯行在草地前停了下來，端詳著周圍的山勢和地形，然後往那面掛滿荊棘的山崖一指：「龍回頭地形最深處，即是這處風水寶地的風眼。」

任天翔略一示意，崑崙奴兄弟立刻攀岩而上，二人俱是生長在高原的吐蕃人，在山地中如履平地。二人拔刀清掉岩壁上的雜草荊棘，一個天然岩洞便在峭壁上露了出來。魯行見狀欣喜地輕呼：「龍眼！入口必定就在這裏了！」

任天翔忙與季如風等人攀上岩洞，但見岩洞不深，入洞數丈就見底，迎面是一面長滿青苔的岩壁攔住了去路。

魯行小心用鏟子清掉岩壁上的青苔，就見四壁上露出了篆刻的鐘鼎文，他不禁輕撫石碑拜倒在地，含淚叩首道：

「這就是墨翟祖師寢陵所在，咱們終於找到了！」

眾人紛紛拜倒，齊齊向石碑大禮叩拜，姜振山將帶來的香燭點上，率眾叩首拜道：「墨門弟子驚擾祖師寢陵，實有不得已的苦衷，祖師在天有靈，望保佑弟子重整墨門聲望，踐行祖師畢生之夢想。」

眾人拜畢，這才細細打量那面石碑，但見它四周完全嵌入山石之中，已與整個山岩完全結為一體，不見絲毫縫隙。推之紋絲不動，叩之堅實如鐵，就像是從原來的岩石上開鑿而成。

魯行還在四處尋找開啟的機關，任天翔催促道：「不如準備火藥將之強行炸開，祖師爺若是真想借咱們之手將墨家學說發揚光大，必定會原諒我們的冒犯。」

「萬萬不可！」季如風急忙搖頭，「祖師精通機關暗器，這面石碑定是由機關開啟。如果咱們強行打開，說不定裏面會有機關，將整個墨陵全部毀掉。墨家有著威力奇大的兵法和武功，若落到別有用心的人手裏，一定會貽害後世。這一定不是祖師爺想看到的情況，所以必定留有防範措施，咱們萬不可魯莽行事。再仔細找找，這附近必有機關。」

「在這裏！」魯行一聲輕呼，抹去一旁岩壁上那厚厚的塵土，露出了岩石上一個凹進去的洞，就見那岩洞比碗口略大，呈規則的圓形，顯然不是天然生成，洞口覆蓋著雜草青苔。

他上前將洞口清理乾淨，就見洞底平整如鏡，上面篆刻著深深的花紋。

任天翔點上火絨端詳片刻，突然醒悟，連忙拿出懷中珍藏著的義字璧——已經由玉器工匠完全黏牢復原的義字璧，然後小心翼翼扣入洞中，將正面篆刻的義字，與洞底的花紋對齊，然後緩緩用力轉動。

眾人滿懷期待地盯著那面石碑，誰知石碑紋絲不動，什麼事都沒有發生。

任天翔額上漸漸冒出了冷汗，他清晰地辨認出石洞內的花紋，正與義字璧的義字吻合，顯然就是機關的關鍵所在，但為何毫無反應？莫非……

義字璧不全！

任天翔突然想起了這點，它差最後一塊，雖然自己仿製了洪景手中那塊，但終究不是原來的殘片，真品與仿品間肯定會有細微的差別。雖然作為地圖沒問題，但作為開啟機關的鑰匙，差之毫釐便是謬以千里。

「是不是還缺這塊？」

身後突然傳來一聲幸災樂禍的嘲諷，將眾人嚇了一跳。紛紛回頭望去，就見身形魁偉如雄獅般的洪景，已如狸貓般無聲地出現在眾人身後。

他的臉上掛著洋洋自得的微笑，以居高臨下的目光俯視著眾人。他手中玩弄著一塊玉片，正是義字璧最後所缺那塊！

眾人方才全都聚精會神注視著任天翔，全沒留意到竟然有人不知不覺來到了自己身後。

姜振山失聲問：「你……你是怎麼進來的？」

洪景傲然一笑：「別忘了我也是墨門弟子，對你們那些崗哨的優勢和弱點一清二楚。要想解決他們也許會費點手腳，但要想避開他們的耳目，對洪某來說還不是什麼難事。」

季如風最先冷靜下來，正色道：「很好，既然你也承認自己是墨門弟子，那麼就該知道，現在墨門新一任鉅子已經推選出來。」他說著，指向了任天翔。

「什麼？他？鉅子？」洪景一愣，跟著哈哈大笑，「憑什麼？就憑他找齊了義字璧？還是因為他是任重遠的兒子？可惜任重遠要做鉅子我都不服，何況是他這不成器的兒子。不錯，墨門先輩曾有遺言，誰能讓這義字璧破壁重圓，誰就有資格做鉅子。只可惜他手上的義字璧還不完整，最後一塊在我手裏，所以他這鉅子，在我眼裏屁也不是！」

「大家都是墨家傳人，有事好商量！」任天翔不以為然地笑道。

他知道洪景既然敢現身，必定是做了充分的準備，而自己對他的實力尚一無所知，所以不敢輕易翻臉，何況，最後一塊義字璧殘片還在他的手上，無論如何也要先從他手中拿到才行。所以任天翔故意示弱，希望能讓洪景放鬆警惕，給崑崙奴兄弟出手搶奪贏得機會。

崑崙奴兄弟也適時領會了主人的意圖，一左一右向洪景身後包抄過去，悄然截住了洪景退路，將他堵在了這方圓僅有數丈的岩洞之中。洪景卻是渾然無覺，不知是愚蠢還是因為太過托大。

見崑崙奴兄弟已經佔據有利地形，山洞外似乎也沒有人接應洪景，任天翔輕鬆下來，對洪景嘻嘻笑道：「既然大家是同門，一切就都好商量，你不認我這個鉅子不要緊，只要認理就好辦。」

洪景豎起一根手指搖了搖：

「我們不是同門，墨家自祖師去世後就分成了三派，為相里氏、相夫氏和鄧陵氏，三派各有自己的鉅子。所以，你就算是義安堂選出的鉅子，也跟我沒任何關係。至於理，墨門三派，也各有各的講法，在我看來，咱們鄧陵氏一派才是墨門真正的繼承者，也是唯一有資格繼承祖師遺產的人。」

任天翔原本還在盤算如何與洪景分成，才能滿足對方的胃口，沒想到對方胃口竟然這樣大，居然要一口獨吞。他忍不住笑問：

「如果咱們也認為自己才是墨門正統，那怎麼辦？」

洪景淡淡笑道：「墨門雖崇尚和平，但墨門弟子卻要精修各種武技和兵法，因為和平必須要由實力來保證。因此，實力就是墨門正統的最好證明。」

任天翔聞言，忍不住哈哈大笑：「你的意思是，你實力比咱們更強？」

洪景沒有回答，不過表情卻顯然是不屑於回答。他略顯惋惜地嘆道：「義安堂只有任重遠配做我的對手，只可惜他死得早，實在是令人遺憾。」

任天翔向崑崙奴兄弟使了個眼色，然後故意舉起手中的義字璧，對洪景笑道：「義字璧就在這裏，我想看看你究竟有多強的實力，足以擔起墨門正統的重任。」

洪景身形微動，季如風與姜振山立刻擋在了他身前，以防他突然向任天翔出手。幾乎同時，崑崙奴兄弟終於暴然出手，一左一右分襲洪景後心，二人是趁著洪景作勢前衝之際出手，以把握這瞬息即失的機會。

這一瞬間，任天翔才突然看出，洪景前衝是假，突然向斜後方暴退是真，他以假動作引崑崙奴兄弟上當，剎那間便令崑崙奴兄弟失去了先機。任天翔心知要糟，急忙提醒：「不可！」

但這提醒已來得太遲，就見洪景急速後退的身形，剛好讓開了崑崙奴兄弟聯手一擊。幾乎同時，他曲起的右肘也撞在了阿崑的胸膛之上，就聽阿崑一聲痛叫，被這一重擊撞開數步，重重地撞在岩壁之上，慢慢委頓於地。

就在洪景驀然暴退的同時，季如風與姜振山也同時出手，想要攻敵之必救，可惜二人腿傷尚未痊癒，速度上慢了一瞬，就這微不足道的一瞬，卻令二人拳掌同時落空，就見洪景撞開阿崑之後，就勢退出了岩洞這死地，從容如閒庭信步一般。

這一下快如電光火石，但每一個細節俱未逃過任天翔的眼睛，他認得洪景的身形步伐和那重創阿崑的一肘，俱是《唐手》中的招數，就這貌似平淡無奇的一肘，卻在四大高手包圍下輕易脫困，而且還重創了阿崑，其速度和力量或許未必比杜剛更強，但其身形步伐運用之巧妙，以及臨敵時的機智和老辣，顯然要比年輕的杜剛更勝一籌。

阿崙哇哇叫著扶起兄長，就見阿崑的胸膛陷下去了一塊，顯然肋骨已被撞斷了兩根。任天翔忙讓阿崙留下來照顧兄長，他則緊隨季如風與姜振山追了出去。

外面已是暮色四合，山谷中更是一片幽暗，就見洪景好整以暇地負手而立，猶如勝券在握一般從容。季、姜二人則是神情凝重，不敢有絲毫大意。

就在這時，突見一枚信炮升上半空，卻是魯行見勢頭不妙，拉響信炮招呼同伴。

洪景對魯行的報警似乎並不在意，還在悠然自得地笑道：

「義安堂有墨士級高手，我洪勝幫也不是碌碌無人。他們或許對付不了墨門十三士，不過纏住他們應該沒什麼問題。」

像是在證實洪景的預言，夜風中傳來隱約的兵刃相擊聲，以及一兩聲短促的呼喝。顯然是雙方已經短兵相接，義安堂的人被纏住脫不開身。

季如風淡淡問：「洪幫主有把握以一人之力對付咱們所有人？」

「我不需要對付所有人。」洪景悠然笑道，「只有你和姜長老值得我認真對待，其他人是你的包袱，不是我的。」

姜振山嘿嘿冷笑道：「咱們兩派已經有很久沒有印證過彼此的武功了，今日正好了卻姜某一樁心願。」

洪景頷首笑道：「今日不是比武較技，兩位一起上吧，免得我多費手腳。」

雖然同時面對義安堂兩大長老，洪景依然有著目空一切的自負和自信。

季、姜二人對望一眼，正待迫近兩步佔據有利方位，突聽有人哇哇大叫著衝入了戰場，手執短刀向洪景衝了過去，卻是淚流滿面，神情激憤的阿崙。

洪景身形略退，讓過阿崙第一刀之後，卻突然加速向他衝去，人未必至，右掌已閃電拍出，直襲阿崙腋下要害。

眼看這一掌就要擊實，誰知阿崙的身體卻莫名其妙地後縮了半步，剛好讓過了洪景致命一掌。幾乎同時，姜振山勢如奔雷般的一拳已經轟然砸到。

洪景急忙倒退，避開了姜振山鋒芒，這才發現方才是季如風抓住了阿崙脖子，生生將他拉退了半步，躲過了自己致命一擊。就見對方將阿崙推開一旁，與姜振山連袂而上，義安堂兩大長老，第一次聯手對付同一個敵人。

三人快若閃電，猶如走馬燈般鬥在一處，令人眼花繚亂。

任天翔緊張地盯著激鬥的三人，剛開始也覺得目不暇接，目光難以追上三人風馳電掣般的出手，但是隨著他注意力的集中，三人出手的招式漸漸在他眼中清晰起來。

他能精確地看清三人出手的方位和軌跡，尤其三人都是以《唐手》為基礎，就算夾有更高深的武功，也大多是在《唐手》的基礎上拓展而來。洪景的武功雖高，卻也未必強過季、姜二人聯手，只是他那種與生俱來的霸氣和自信，使他將自己的武功發揮到了極致，而季、姜二人在氣勢上輸了洪景一籌，加上二人腿傷未痊癒，進退間受到影響，此消彼長之下，雙方一時難分高下。一旁阿崙與魯行雖想上前幫忙，但由於武功與三人不在一個層次，因而根本插不上手。

任天翔雖然漸漸看清了三人拳路，能把握到三人出手的韻律和節奏，甚至能看出洪景招數之間的些微破綻和弱點，並對他下一招做出準確的預判。但由於三人出手實在太快，任天翔根本來不及提醒季、姜二人，針對洪景的特點做出相應的調整。只能眼睜睜看著洪景越戰越勇，季、姜二人卻開始露出了一絲頹勢。

任天翔暗自焦急，卻束手無策，就在這時，他突然看到魯行正躍躍欲試想上前助戰，頓時靈機一動，急忙問：「還有沒有信炮？快給我！」

魯行莫名所以，不過還是將懷中的信炮全部交給了任天翔。就見他拿著信炮對準激鬥中的三人，略作瞄準便突然拉響。

就見信炮平射而出，流星般射向激鬥的戰場，突然出現的火光將三人都嚇了一跳，本能地向一旁閃開，總算躲過了突如其來的「暗器」。

任天翔再拿出一枚信炮對準了洪景，幾乎同時，季如風與姜振山又再次出手，向洪景夾攻。洪景不得不分心留意任天翔手中的信炮，注意力受到極大影響，出手之際漸漸再無方才的從容淡定。而季如風與姜振山則放開手腳盡情進攻，逼得洪景不得不轉攻為守，慢慢失去了主動。

任天翔也沒閒著，偶爾對準洪景下一步的退路拉響信炮，逼得他不得不臨時變招閃避，如此一來，他再架不住季如風與姜振山的聯手合擊，不得已暴退數步，這才擺脫了季如風與姜振山的糾纏，同時也遠離了信炮的威脅。

「停！」洪景一聲暴喝，猶如雄獅的怒吼，令季如風與姜振山也不自覺地停了下來。

就見洪景對任天翔切齒道，「看來我還是低估了你，你果然有些小聰明。」

任天翔嘻嘻笑道：「既然大家並非同門切磋，自然就要無所不用其極。你若知難而退也算是識時務的英雄，咱們不會為難你。」

洪景哈哈大笑道：「你們就算以卑鄙手段占了上風，卻也奈何不了我。既然如此，不如大家就來做個交易。義字璧咱們各有一部分，缺了哪一塊也打不開祖師陵墓，不如大家攜手合作，你們意下如何？」

任天翔一聲斷喝：「我憑什麼相信你？」

洪景面色一沉，怒道：「咱們兩派雖然各有分歧，但信守承諾的品德卻是相同的。洪某不敢說一言九鼎，卻也知道信與義為墨者最基本的操守。」

任天翔望向季如風，見他在微微頷首，便知洪景所言不假。他想了想，色厲內荏地問道：「你想怎樣合作？」

洪景拿出懷中那塊義字璧殘片，嘿嘿笑道：

「現在咱們手中各有一部分義字璧殘片，咱們缺了誰也無法打開墨陵。所以現在是你離不開我，洪某也離不開你手中的義字璧。既然如此，咱們何不先打開墨陵，再來討論陵中財富的歸宿。我不貪心，只要一半就好。」

洪景以七分之一塊義字璧殘片，就想獲得墨陵中一半的財寶，實在讓任天翔難以接受。但現在形勢迫人，沒有洪景手中那塊，就將一無所獲。

任天翔想了想，不由將目光轉向季如風，見他微微頷首，任天翔無奈嘆道：

「洪幫主簡直是吃定了咱們，既然如此，在下還有何話可說？先令你的人停手，咱們再一起打開墨陵。」

洪邪點點頭，突然一聲長嘯，如虎嘯獅吼，遠遠傳了開去。那是他招呼手下的聲音，就算在數里外也能聽見，誰知嘯聲過去，遠處那隱約的兵刃相擊聲並未停止，反而鬥得更為激烈……

第五章 交易

任天翔目瞪口呆，不知司馬瑜是在吹牛，還是真有神奇的本領。見司馬瑜已經鋪開羊皮卷，任天翔只得舉起火把為他照明，心中卻始終忐忑不安，不住在心中暗問：

我這是不是在與魔鬼做交易？

眾人臉上俱閃過一絲疑慮，不約而同將目光轉向了洪景。就見洪景眼中先是有一絲不解，但跟著目露寒光，突然發力向遠處的任天翔撲去。

任天翔清晰地看到洪景猶如怒獅般撲到，甚至能準確判斷出對方出手的速度和時機，但對方的速度實在太快，決不是他這種沒經過嚴格訓練的普通人能夠閃避開。由於洪景出手突然，姜振山與季如風的反應也慢了一瞬，雖然緊追在洪景身後，卻已落後半步。

眼看任天翔就要落入洪景之手，就見一旁虎視眈眈的阿崙突然不要命地撲了上去。洪景對此似乎早有預料，一掌斜拍震飛了阿崙手中的短刀，跟著和身撞入阿崙懷中，就見阿崙身不由己倒飛摔倒，口中鮮血狂噴，竟在一個照面即受重傷。

洪景腳下不停，正要越過阿崙伸手去抓任天翔，卻突然感覺腳腕一緊，一隻腳已被重傷倒地的阿崙不要命地抱住。

洪景掙了一掙沒有掙脫，此時季如風與姜振山已然追到，一拳一掌分襲他的後心，他急忙側身閃避，奈何一隻腳被阿崙緊緊纏住，進退之間少了原來的靈動，只得以雙拳強敵四手。

三人如電光火石般交手，不時響起拳腳擊中肉體的砰砰聲響。

季、姜二人原本與洪景相差有限，趁著洪景一隻腳被纏住的機會拼命搶攻，雖然二人身中數拳，但洪景也吃了幾記重擊，比他們還不好受。

洪景心知再這樣硬碰硬對攻下去，最先倒下的一定是自己，他也是經驗老道的絕頂高手，強攻不成立刻倒地，騰出一腳重重踹在阿崙後心，總算擺脫了阿崙的糾纏。跟著他躲開季、姜二人尾隨而至的攻擊，返身竄入墨陵入口的山洞，堵在狹窄的洞口據險而守。

季、姜二人雖然趁著洪景被阿崙纏住的難得機會，先後擊中了洪景要害，但二人也吃了洪景重擊，不得不停下來略作調整，雙方暫時在山洞內外對峙，誰也沒把握解決對方。

「阿崙！」任天翔撲到阿崙跟前，就見阿崙口中血如泉湧，方才他先被洪景撞飛，為了保護主人，奮不顧身纏住洪景，跟著後心吃了洪景致命一腳，整個五臟六腑俱受重創，鮮血再難抑制，只能大口大口地吐將出來，臉色也漸轉灰暗——那是死亡的顏色！

任天翔束手無策，只能將阿崙抱在懷中，眼睜睜看著他眼中那生命的微光，猶如油盡燈枯的火苗般漸漸黯淡，最後徹底熄滅。

在離他不遠的地上，他的兄長也已經四肢僵硬，再無聲息。他是被洪景一肘撞斷肋骨，斷骨刺入肺部後內出血而亡。阿崙是為了為兄長報仇，才如此奮不顧身，欲與洪景同歸於盡。

任天翔淚如泉湧，在魯行幫助下，將崑崙奴兄弟的屍首平放在一起。雖然崑崙奴兄弟一向以奴隸自居，但他們在任天翔心目中，早已經是出生入死的好兄弟，他們的死令任天翔心如刀割，第一次感受到自己的無能和生命的無奈。

「為什麼？」任天翔含淚怒視洪景，厲聲質問，「你既然也是墨者，當知信義之重。你為何剛與咱們締結和約，卻又要突然出手偷襲？」

洪景在山洞內微微喘息，嘴邊隱然可見殷紅的血跡。方才他吃了季如風一掌和姜振山一拳，顯然也很不好受。見任天翔質問，他冷哼道：「我已經令我的人停手，但你的人卻在趁勢反擊。是你們失信在先，洪某只好先下手為強！」

「胡說！」一旁的魯行怒道，「我已經拉響信炮要咱們的人停手，若非洪勝幫的人不依不饒，他們怎會還擊？」

洪景冷笑道：「事已至此，再來爭論誰對誰錯已經毫無意義。義字璧最後一塊殘片就在這裏，有本事你們來拿去！」

洪景雖然說得硬氣，但方才與季、姜二人硬碰硬對攻時，卻已經是吃了大虧，此刻的傷勢顯然比季、姜二人要糟。見他重傷之下還如此狂傲，姜振山一聲怒喝就要強攻進岩洞，卻聽季如風突然輕呼：「等等！」

姜振山莫名其妙地停下手，就見季如風正豎著耳朵在側耳細聽。眾人這才注意到，遠處那隱約的兵刃相擊聲不知何時已經消失，隨著夜風送來的，就只有樹葉的沙沙聲響。

不對，除了風吹樹葉的沙沙聲，還有一種細密低微的聲響夾雜其中，像是成千上萬隻蠶蟲在啃食桑葉，又像是億萬隻螞蟻在耳邊瘋狂撕咬，讓人不由自主泛起滿身的雞皮疙瘩。眾人驚訝地望向四周，心中充滿了疑慮和不安。

此時天色已完全黑盡，山野一片朦朧，就見那朦朧幽暗的荒草、樹枝、岩石，有如活物般微微蠕動起來，像是有黑色的潮水在其上湧過。

「蟲！是毒蟲！」魯行率先驚叫起來，借著濛濛的月光，就見無數蠍子、蜈蚣、蜘蛛以及更多叫不出名字的毒蟲毒蛇，正潮水般從四面八方向眾人所在的山坳包圍過來，密密麻麻不知有幾許。眾人從未見過這等情形，皆目瞪口呆不知如何應對。

隨著駭人的沙沙聲，就見無數毒蟲漫過草地越逼越近，源源不斷有如潮水般淹到，眾人不約而同地往山洞中退卻。比起這些令人渾身發麻的蟲豸，洪景自然沒那麼可怕了。洪景也被眼前這情形震駭，完全忘了與任天翔等人是對頭。他拿出火絨點燃枯枝，然後舞動燃燒的枯枝，總算將那些蟲豸嚇了回去。

眾人一看，不約而同搜集枯枝在洞外點燃，燃起的篝火形成了一道無形的火牆，總算阻止了那些無孔不入的毒蟲。

「看來是我錯怪了你們。」洪景打量著山洞外那無數毒蟲，遺憾地嘆息道，「我們遇到了新的對手，方才那打鬥聲也許正是在與這新的對手交手。」

「你一句錯怪就完了？」任天翔赤紅著雙眼怒視洪景，「我兩個兄弟已經死在你手裏，你輕飄飄一句話就想為自己開脫？」

「我從不為自己開脫！」洪景迎上任天翔咄咄逼人的目光，坦然道，「既然在江湖上行走，就該知道勝者為王的道理。技不如人被殺，江湖上每天不知有多少，有本事就報仇雪恨，沒本事就乖乖躲一邊去，江湖從來不同情弱者。」

「你……」任天翔憤然而起，恨不得衝上去拼命，卻被季如風攔住道：「現在咱們是一條船上的人，千萬莫要內訌，待過了眼前的困境再說。人與人之間的帳可以慢慢再算，這些蟲豸恐怕是不認人的。」

說話間，就聽火堆中「嗤」一聲輕響，跟著是一股燒焦的糊味，卻是一隻飛蛾撲入篝火，轉眼即被燒成了灰燼。跟著又有飛蛾撲入火堆，沒多會兒，岩洞中就充滿了濃烈的臭味，中人欲嘔。

看到眼前這熟悉的情形，任天翔與季如風對望一眼，異口同聲地說出一個名字：「薩滿教！」

眼看撲入篝火的飛蛾越來越多，牠們燃燒產生的毒氣正被夜風吹入山洞，令人頭暈目眩。

任天翔急忙拿出懷中的義字璧，舉過頭頂朗聲高呼：

「薩滿教的人聽著，想必你們也是為了它而來。雖然你們現在已將咱們逼入了絕地，似乎已占盡上風，但只要我將這玉璧往地上一摔，大家就一拍兩散，誰也別想得到想要的東西。」

山洞前方的叢林中，突然燃起了綠幽幽的燈火，就聽燈火處有人幽幽道：「交出義字璧，我饒你們不死！」

任天翔一聲冷笑：「咱們都不是怕死之輩，你以為區區幾隻毒蟲能嚇倒咱們？」

「好氣魄！」黑暗中有人朗聲大笑，笑聲未落，就見幾盞燈籠緩緩亮起，照出了一乘舒適的軟椅。

一個青衫如柳的年輕人懶洋洋端坐軟椅之中，正似笑非笑地遙望著眾人。在他身後，無數服飾怪異的錦衣漢子肅然而立，目無表情猶如僵屍一般。

「是你！」任天翔失聲驚呼，旋即釋然一笑，「我早該想到。」

不用說，這青衫書生正是率薩滿教徒跟蹤而來的司馬瑜。

就見他躊躇滿志地笑道：「以你的聰明，現在想到也不算晚。不錯，我正是為義字璧而來，正好洪幫主也在這裏，讓我少費了許多手腳。」

「義字璧我這裏也有一塊，有本事你過來拿去！」洪景拿出義字璧殘片來到洞外，似在挑釁，實則是在估算著自己與司馬瑜的距離，想要憑本事將他一舉擒獲。

司馬瑜像是看透洪景的心思，悠然笑道：「洪幫主，咱們之間的距離是七丈三，你需要兩步才能衝過來。你衝出一步大約需要半息，足夠我比劃一個手勢，這個手勢將決定一個人的生死。」

洪景冷笑道：「是嗎？我倒是想試試，看看你要用什麼手段來殺我？」

司馬瑜淡淡一笑：「洪幫主誤會了，憑你的武功，只怕我身邊還沒有人能殺得了你，不過能擋住你一擊的卻還有那麼幾個。只要擋住你搏命一擊，你就輸定了。」

洪景正要反譏相諷，突見司馬瑜身後又亮起了一盞燈籠，照出一個口塞破布、五花大綁的錦衣公子，一柄鋼刀緊緊架在他的脖子上，閃亮的刀鋒正好抵住他脖子右側的大血管，只需輕輕一劃，就是神仙也救不活。在他身旁，還有幾個洪勝幫的弟子也被綁在一起，顯然是與洪邪一起被司馬瑜俘虜。

隨著司馬瑜的手勢，有人拿開了那錦衣公子口中的破布，他急忙帶著哭音高呼：「爹爹救我……」

原來落入司馬瑜掌握的，正是洪勝幫少幫主洪邪。

洪景見狀方寸大亂，本已準備邁出的右腳，只得悄悄收了回來。他若無其事地哈哈一笑：「馬師爺，我洪勝幫跟安將軍淵源非淺，有什麼差遣，只要安將軍吩咐一聲便成，何必如此？」

司馬瑜淡淡笑道：「你藏有義字璧殘片，卻一直沒打算過獻給將軍，在下只好出此下策。交出你手中那塊義字璧殘片，安將軍那裏我會替你解釋，你的兒子，包括你洪勝幫的手下，全都不會有事，不然，我只有替安將軍得罪你這個朋友了。」

洪景還在猶豫，就聽司馬瑜對手下淡淡吩咐：「我數三聲，三聲之後，洪勝幫的人一個不留。一、二……」

「等等！」洪景急忙阻止，雙手將義字璧殘片高舉過頂，心有不甘地道，「洪某願將這玉片獻與安將軍，望馬師爺信守承諾。」

司馬瑜微微頷首，就見一個錦衣漢子飛身來到洪景面前，接過玉片閃身後退，將玉片交到了司馬瑜手中。司馬瑜嘴邊泛起一絲滿意的微笑，收起玉片望向了任天翔。

「馬兄真是算無遺策，寥寥數語竟讓堂堂洪勝幫幫主低頭臣服，令小弟佩服得五體投地！」任天翔哈哈一笑，將手中義字璧舉過頭頂，「不過我任天翔可不是洪景，我義安堂弟子也不比洪勝幫嘍囉，可不會那麼輕易就落到你手中。大不了我將這玉璧摔了，大家一拍兩散，誰也別占誰的便宜。」

「兄弟的膽色我早有領教，我完全相信你的決心和勇氣。」司馬瑜毫不在意地悠然笑道，「不過，這世上有些東西你還不能完全放下，只要心中還有東西放不下，那就還有你自己都未意識到的弱點。」

任天翔哈哈笑道：「小弟願聞其詳！」

司馬瑜微微一笑，突然話起了家常：「我這次尾隨兄弟前來泰山，除了帶我的人，我還帶了一個跟你關係最密切的人。給你一次機會，猜猜她是誰？」

任天翔臉色陡變，心如高空失足，似在飛速下沉。

就見司馬瑜嘿嘿一笑：「你猜對了，她是你唯一的親人。我很高興你有這麼一個可愛的妹妹，我還知道你很愛她，關心她，只是我還不知道，她在你心目中的分量，能否超過你手中那塊義字璧。」

隨著司馬瑜的手勢，右後方亮起了一盞燈籠，照出了任天琪那張蒼白無神的臉。

見任天翔看見了自己，她勉強擠出一絲笑容：「哥，你別管我，都是我輕信謊言，才上了這傢伙的當，跟他去捉什麼姦。」

雖然不知道細節，任天翔也猜到了大概。定是司馬瑜利用天琪對丈夫的不信任，引她去捉姦，正好洪邪又偷偷離開長安，行蹤肯定不會告訴天琪，因此天琪才上當被捉，成為要脅自己的人質。

任天翔心亂如麻，曾經敏銳無匹的頭腦，也變得一片混亂。

「我們是朋友，我實在不忍心用你妹妹來威脅你。」司馬瑜滿是遺憾地嘆息，「可是我從小接受的教育，就是為達目的，不擇手段。只要能實現心中的目標，一切皆可放下，甚至連我自己都可以犧牲。我實在沒有更好的辦法從你手中拿到那塊義字璧，所以只好出此下策，希望兄弟能理解我此刻的苦衷。」

「理解，我非常理解！」任天翔勉強一笑，「我只想知道，如果我不答應，你會怎樣對待天琪？」

司馬瑜疲憊地閉上雙眼，喃喃自語道：「我不會把你妹妹怎麼樣，不過，有人卻早就躍躍欲試了。」

燈光中顯出了朗傑那張猥瑣醜陋的臉，就見他湊到任天琪跟前，垂涎三尺地笑道：「我早就想嘗嘗長安女人的滋味了，而且我還有無數弟子，他們都想嘗嘗。」

黑暗中傳來無數人嘻嘻哈哈的笑聲，猶如鬼哭狼嚎般刺耳，將任天琪嚇得哇哇大叫，尤其朗傑那張醜臉，更令她閉眼不敢再看。

任天翔望向季如風和姜振山，見他們也垂頭喪氣、束手無策，他只得對司馬瑜頹然道：「你贏了，義字璧歸你，快把天琪放了！」

司馬瑜似乎並不感到意外，他從暖椅上站起，緩步走向眾人。就見地上的毒蟲潮水般向兩旁避開，就像他身上帶有某種神奇的魔咒一般。

洪邪和任天琪俱在薩滿教的人手中，所以他再無顧忌，徑直來到任天翔跟前，對他微微笑道：「我還不知這義字璧的真假，不知它是否真能打開機關，直達墨子的寢陵。所以你要走前面，帶咱們直達墨陵的墓室再說。」

司馬瑜身後，緊跟著兩個年輕的劍手，其中一個，任天翔毫不意外，那是契丹高手辛乙。另一個卻讓他吃了一驚，沒想到那竟是來自扶桑的小川流雲。雖然他穿著打扮已經跟唐人無異，但他那兩柄樣式奇特的劍，以及眉宇間的神情，依然透露出一絲扶桑人特有的氣質。

「小川？」任天翔失聲輕呼。

「哈依！」小川流雲略一點頭算是招呼，低頭避開了任天翔探究的目光。

「現在不是敘舊的時候，待拿到我想要的東西，咱們再大醉三天不遲。」司馬瑜說著，向季如風等人一指，「先讓你的人退出去。」

任天翔無奈，向季如風、姜振山和魯行點了點頭，三人只得退出岩洞，立刻陷入無數毒蟲的包圍。不過那些毒蟲不知受什麼控制，只是圍住三人，並不發起進攻。

「洪幫主，我會向安將軍說起你的功勞。」司馬瑜對洪景點了點頭，洪景哈哈一笑：「那就多謝馬師爺了！」說著，他也知趣地退到了岩洞之外。

司馬瑜轉向遠處的朗傑道：「法師，替我守住洞口，莫讓任何人擅入。」

朗傑一招手，率幾名薩滿教徒飛身來到岩洞之前，緊跟在他們身後的，還有數十隻色彩斑斕、模樣罕見的毒蛇毒蟲，幾個人帶著這些毒物，將洞口守了個密密實實。

司馬瑜將手中洪景那塊義字璧交給任天翔，微微笑道：「這是墨家的聖地，想必你比我們更熟悉，所以還請兄弟走前面。」

任天翔接過玉片，先將義字璧上那塊仿製的碎片掰下，然後將真品黏上去，頓時嚴絲合縫，完整如鏡。義字璧終於破璧重圓，不過任天翔心中卻怎麼也高興不起來。

他將義字璧扣入岩壁上那個淺坑，試著用力一旋，就聽機簧軋軋響起，正前方那面青石碑緩緩向一旁退開，露出黑黝黝通往地底的洞口。

幾個人本能地退開兩步，戒備地端詳著洞口，就見有石級蜿蜒向下，黑黝黝不知通往哪裡。洞中有寒氣直往上湧，令人不寒而慄。

辛乙點起幾支火把，將火把分發給眾人，然後示意任天翔先行。任天翔舉著火把正要率先下去，突聽身後有人突然道：「等等！」

眾人回頭望去，卻見薩滿法師朗傑眼中閃爍著異樣的微光，不住打量著深不見底的岩洞，然後在洞口閉著眼使勁嗅了嗅，喃喃自語道：「果然是密封上千年、從未遭到過任何破壞的遠古陵墓，其中必藏有重寶。」說著，他望向司馬瑜，以不容置疑的口吻道：「我要與你們一起下去。」

司馬瑜略一遲疑，只得轉向辛乙道：「那就拜託你在外面守護，莫讓任何人踏入岩洞半步。」

辛乙將手中火把交給了朗傑，然後對司馬瑜頷首道：「公子放心，有我在，任何人也別想靠近這裏。」

任天翔見眾人再無異議，便舉著火把率先進入甬道，沿著石級蜿蜒而下。朗傑舉著火把緊跟在他身後，司馬瑜與小川流雲則緊隨他們二人，也進入了黑黝黝的甬道之中。

長長的甬道低矮潮濕，一路向下不知深有幾許。任天翔小心翼翼走在前面，一路留意著地上的石級和兩旁的岩壁，看洞中的情形，這甬道乃是依托天然溶洞而建，並沿著溶洞的走勢直通山谷深處。

四人小心翼翼走出近百丈後，就見前方甬道又到盡頭，一面半人多高的青石板擋住眾人去路。任天翔小心抹去石板上的青苔和浮土，露出了篆刻在上面的兩個古篆大字——墨陵。

四人忍不住一陣竊喜，朗傑伸手就要去推那石板，任天翔連忙阻攔道：「等等！」朗傑雙目一翻就要發火，卻見任天翔在皺眉端詳著那兩個古篆大字下方，眾人這才發現，那上面還有一串數字，不知是何意義。司馬瑜示意朗傑不可衝動，然後也對著那串數字皺眉苦思起來。

大約盞茶功夫，任天翔眉頭終於舒展開來，他低頭在石板跟前一照，果然在石板下方發現了十塊可以活動的石塊。

抹去石塊上的青苔浮土，就見上面篆刻著與石板上相同的數字。任天翔依照順序將它們一一踩下，就聽機簧軋軋聲中，青石板向一旁徐徐退開，露出了一個由天然岩洞修鑿而成的巨大地宮。

「沒錯沒錯，就是這裏！」朗傑欣喜地翕動著鼻翼，就像色鬼見到美女一般興奮，

「這裏有上古禮器濃郁的味道，又有千年腐屍瀰漫的屍香，必定就是墨子葬身之所！」

黑暗中果然有一種濃郁的惡臭，令人欲嘔，四人手中的火把也暗淡了不少，那火焰就像是被一種無形之物包圍束縛，變得昏黃黯淡。

朗傑卻欣然自語：「還好還好，火把不滅說明通風舒暢，咱們不必過分擔心，快抓緊時間四下找找，必定能找到陪葬品和墨子的棺槨。」

「在這裏！」幽暗中突聽小川一聲歡呼，眾人循聲望去，就見他手中的火把照出了一片三尺見方的空間，那裏堆滿了金、銀、銅、玉等材質的器皿，看其形狀樣式當是上古之物。

朗傑上前拿起一隻酒爵，湊到鼻端嗅了嗅，興奮地連連點頭：「果然是千年前的古物，隨便一件都價值連城，珍貴無匹！」

「這裏還有！」任天翔的火把照出了一堆斑斕璀璨的珠寶，雖經千年歲月，依舊熠熠閃光，令人目醉神迷。

朗傑丟下酒爵，上前捧起那些璀璨奪目的珠寶，兩眼發亮地喃喃自語：「發財了發財了，就這一堆珠寶，已足夠咱們一輩子榮華富貴，錦衣玉食。這外面的陪葬品就已經價值不菲，若能找到墨子的棺槨，其中必有價值連城之寶。」

說著，朗傑舉起火把，興奮地四下搜索起來。就見這座墓室僅有數丈大小，是由一個天然溶洞修鑿而成，朗傑片刻間搜遍了整個溶洞，終於在一個天然的洞穴中發現了一個石棺。他不禁一聲歡呼：「果然在這裏，咱們發財了！」

在小川的幫助下，朗傑費了九牛二虎之力，總算將石棺強行打開。誰知棺中並無屍骸或陪葬品，只有十多捲用香料、羊腸和絹布緊緊密封包裹起來的羊皮卷書。也許是因為密封得好的緣故，雖經千年歲月，依舊基本完好。

朗傑三兩把拆開一個羊皮卷書，卻見上面是一種從未見過的古老文字，他失望地丟到一旁，繼續拆開幾個，卻都是那樣的文字。翻遍整個石棺，除了防腐的香料，就只有這些看不懂的羊皮卷書，沒有任何珍寶。他不禁皺眉自語道：

「奇怪，為何這石棺中既沒有屍骸，也沒有陪葬品？」

就在朗傑三人圍著石棺忙活的時候，司馬瑜卻舉著火把，正仔細查看著石棺前方一塊石碑。朗傑見石碑上的文字與羊皮卷中的文字類似，忙問：「你認識這種字？」

司馬瑜點點頭：「這是商周時篆刻在銅鼎上的古老文字，所以也稱鐘鼎文。」

朗傑好奇道：「這碑文上寫的是什麼？」

司馬瑜徐徐道：「這碑文記載了墨子死後喪葬的情形。碑文說墨子生前崇尚平等，不願死後成為門人弟子膜拜的神祇，所以臨終遺言，將遺體燒為灰燼，灑在泰山各處，不留任何標記，以免後人盲目祭拜。只將他畢生學說和著作埋葬於此，作為留給後人的精神財富。」

說到這，司馬瑜不禁對這石碑恭敬一拜，喟然嘆道：「墨子真聖人也，其心胸和抱負，非我輩可以理解。」

「這是墨子的著作？」朗傑連忙拿出一卷羊皮書，遞到司馬瑜面前，「快看看上面寫的是什麼？」

司馬瑜小心翼翼地接過羊皮書，神情凝重地緩緩展開，就見古卷起首是兩個鐘鼎文的大字——九禦！

「沒錯！這裏果然就是墨陵！」司馬瑜嗓音顫抖，透著壓抑不住的激動。

任天翔奇道：「僅憑一卷殘破的古卷，你就能如此肯定？」

司馬瑜雙目閃亮，忍不住賣弄道：「《墨家九禦》，乃是記載了墨子畢生研究的守城之法，堪稱上古兵法至寶。只可惜它一直只存在於歷史的傳說中，還從來沒人見過它的真面目。沒想到我今生竟有機會看到它的原稿。」

朗傑聽說是記載守城之法的兵書，頓時沒了興趣，便從石棺中拿出另外幾卷遞給司馬瑜道：「你再看看這些，是否就是墨家武功秘笈？」

司馬瑜接過古卷仔細拆開，果然都是失傳已久的墨家經典，其中既有兵法要訣，器具製造，也有記載墨家思想的學說性文字，直拆到最後一卷，才見卷首寫著兩字——《忍劍》。

聽說是武功秘笈，朗傑急忙一把奪了過來，正待展開細看，突感胸口劇痛，低頭望去，驚訝地發現半截劍刃正從自己前胸穿出，幾滴血珠正順著劍刃緩緩滴下。

他驚訝地回過頭，就見身後是殺氣凜冽的小川流雲，他那柄單刃長劍此刻正握在他手中。劍刃上纏著一幅衣衫，蓋住了劍刃破空的聲息，難怪令自己毫無所覺。

「你……」朗傑怒指小川流雲，卻再也說不出話來。因為小川抽出了長劍，噴湧的鮮血頓時充塞了朗傑的氣管，他不禁爆出一陣劇烈的咳嗽，每咳一聲便噴出一大口血霧，令人觸目驚心。

隨著那一聲聲咳嗽，他感覺渾身勁力正飛速流逝，人也慢慢軟倒，他拼盡全力，總算勉強吐出三個字，「為什麼？」

「我不喜歡有人老是跟我作對，而且我的計畫也需要一個替死鬼。」司馬瑜一改方才的恭謙，居高臨下地俯視垂死的朗傑，「所以我讓辛乙找來了小川，他不是來幫我對付義安堂和洪勝幫，而是來對付你。只有在你死了以後，你那些薩滿弟子，才沒人再敢挑戰我的權威。」

「你……」朗傑身形突然暴起，猶如垂死的猛獸想發出最後一擊，但就在他身形剛動，小川的長劍已爆射而出，將他生生釘在了地上。

「多謝！」司馬瑜對小川感激地點點頭。

就見小川收起長劍微微一笑：「能為公子效勞，那是小川的榮幸。」

司馬瑜向小川略一頷首：「我有話跟任兄弟說，還請小川君替我守衛。」

小川微一鞠躬，默默退到數丈外的墓室入口。司馬瑜這才回頭望向任天翔，眼中閃爍著熠熠的微光，那是一種興奮與喜悅交織的光芒。

任天翔早已被方才的變故震驚，見司馬瑜意味深長地望向自己，他不禁小聲問：「你殺了安祿山的心腹，怎麼向他交代？」

「我不需要向任何人交代！」司馬瑜的言語中，有著一種與生俱來的驕傲和自負，「因為我所做的一切只為我自己，既不為安祿山，也不為任何人。」

雖然隱隱猜到以司馬瑜的驕傲和自負，投靠安祿山多半只是借他的勢力達到自己的目的，但此刻聽司馬瑜親口說出來，任天翔還是感到異常震驚。他不禁玩笑道：「你告訴我這些，不怕我將你賣給安祿山？」

司馬瑜沒有回答，卻從貼身處拿出一塊形式古樸的玉佩，他將玉佩遞到任天翔面前：「見過嗎？」

任天翔點點頭，這種樣式的玉佩他曾經也有一塊，那是母親「臨終」前留給他的遺物，只可惜當年在逃離長安之時，他稀里糊塗將這塊珍貴的玉佩，連同自己的衣衫一起跟一個賣菜的老農作了交換，從此便遺失了。

「這是司馬世家的信物，你應該也有一塊。」司馬瑜一字一頓道，「因為你母親正是我司馬世家的子女，她是我姑媽，我們是真止的兄弟。」

見任天翔似乎無動於衷，司馬瑜驚訝道：「你已經知道？」

任天翔點點頭：「我見過母親，她已經將一切都告訴了我。」

司馬瑜有幾分意外，不過立刻就釋然笑道：「既然如此，也就不用我再多費口舌。想必你已經知道，咱們司馬一族乃傳續千年的千門世家，你的身體裏流淌著咱們司馬家的血脈，每一個司馬家的子弟，都以重現先祖的榮耀為人生最高理想。」

任天翔嘴邊泛起一絲調侃的冷笑：「司馬表哥好像忘了，我是姓任，我身上也流淌著義門傳續千年的血脈。我的祖師姓墨，不姓司馬。」

「我看這並不衝突。」司馬瑜微微一笑，「墨者最高的追求是什麼？是公平！而公平，從古至今都是極為稀缺的東西，只有掌握了最大權勢的王者，才能輕易得到它。而千門的最高追求是江山社稷，是國之重器，是王者之路。它不正是實現墨家平等、公平、博愛等等理想的最佳途徑？你想想，如果有一天，你擁有了天下最大的權勢，還有什麼理想不能實現？」

任天翔心中一動，雖然明知司馬瑜的假設很有問題，但卻不知從何反駁。他默然良久，啞然笑問：「你跟我說這些做什麼？我現在是你的俘虜，要打要殺全在你一念之間。你若看在咱們好歹是表兄弟的份上，從此不再為難我和天琪，那我就謝天謝地了。」

「難道你還不明白？」司馬瑜將雙手擱到任天翔雙肩上，語重心長地開導，「你身上流淌著千門與墨家共同的血脈，是融合這兩大神秘流派最獨一無二的人選。咱們將你送到任重遠身邊，甚至暗中助你成為鉅子，不正是希望你能擔負起這個重任？」

任天翔心中突地一跳，陡然意識到千門的眼線真是神通廣大，連自己做鉅子這麼隱秘的事都知道。他想了想，故作不解地問：「我現在已經是墨門鉅子，你還要我做什麼？」

「一個鉅子算什麼？」司馬瑜哂道，「你若想實現墨子的理想，非掌握江山社稷、號今天下不可。」

任天翔嚇了一跳：「你……你要我謀逆造反？那可是株連九族的重罪！」

司馬瑜傲然冷笑道：「當你的權勢地位達到一定的高度，就算不反也難得善終。所以謀反歷來就是位極人臣者的宿命，就如現在的安祿山，手握天下三分之二的兵馬，若是不反，不僅他的手下不會答應，就連天下人都不會答應，最終必以謀反罪將之告倒！」

任天翔又嚇了一跳：「安祿山要反？」

司馬瑜點點頭：「他早已經是箭在弦上，不得不發。憑他手中三府精銳之師，一旦舉事必定勢如破竹，直逼長安。大唐帝國承平已久，除了邊塞駐軍還有點戰鬥力，內地各州府早已武備廢弛，范陽鐵騎當如入無人之境。我估計用不了三個月，便可兵臨潼關，威懾長安，動搖大唐根基。」

任天翔嚇得面如土色：「安祿山若是造反，我可就慘了。當初正是我連夜送他出城，這下我可是跳進黃河也洗不清了！」

司馬瑜哈哈大笑道：「天下大亂，正是我輩大顯身手之時，豈可因之膽怯？我相信憑你的智慧，定可化險為夷，平安無事。不僅如此，你還可借機扶搖直上，一步登天。」

見任天翔滿臉疑惑，司馬瑜示意他附耳過來，然後壓低嗓子道：「你以為我會讓安祿山順利掃平天下，一舉取代大唐？如果是這樣，他接下來最想砍的，恐怕就是我的腦袋了。」

任天翔恍然大悟，連連點頭：「兔死狗烹，這道理我懂！」

「所以我在大唐陣營中，必須要有個心腹內應，在最關鍵的時刻，我會將安祿山的行動透露給他，讓他趁機建功立業，擋住安祿山的大軍！」說到這，司馬瑜親切地拍拍任天翔肩頭，「而這樣的心腹人選，有誰能比自家兄弟更合適呢？」

任天翔若有所思地點點頭：「明白了，你是要我做諸葛亮，而你則做一統天下的司馬懿和司馬昭父子？」

司馬瑜哈哈大笑：「兄弟精明過人，一點就透。只要你我相互配合，暗通款曲，借機竊取安祿山和大唐帝國的兵權當不是什麼難事。如果真到那一天，這天下就是咱們兩兄弟的天下，咱們無論是劃江而治，還是以萬里江山為枰，以百萬將士為棋一決高下，都已經是後話。」

任天翔聽得驚心動魄，沒想到司馬瑜貌似柔弱的外表下，竟藏著如此勃勃野心。更可怕的是，常人若有這樣的野心，只不過是無關緊要的癡心妄想，而司馬瑜不僅有實現這野心的智慧和手腕，更有神秘莫測的千門為後盾！

見任天翔低頭不語，司馬瑜微微笑道：「為了表示為兄的誠意，這墨陵中所有的東西全部歸你，憑著這天大的功勞，你將坐穩鉅子之位。從此你在義門中的地位，將無人可以撼動。」

任天翔遲疑道：「那你如何向外面那些人交代？又如何向安祿山交代？」

司馬瑜胸有成竹地微微一笑：「只要你點頭，為兄自有辦法。墨家兵法千年前曾威震天下，它決不能落到安祿山手中，不然天下將無人可制。」

任天翔一聽有便宜可占，連忙點頭道：「好！我答應你！」

司馬瑜伸手與任天翔一擊掌，跟著又道：「等等，這些墨家典籍雖說不能給安祿山，但必須給我一份。」

任天翔遲疑道：「這裏既無紙墨筆硯，就算有，倉促間也來不及抄錄，怎麼給你？」

「兄弟替我掌燈，我只要全部看過一遍即可。」司馬瑜說著，將所有羊皮卷都拿了出來，見任天翔不解，他指指自己腦袋解釋道，「為兄從小就接受過嚴格的訓練，有過目不忘的本領。這些經典我只要全神貫注看過一遍，幾乎就再不會遺忘。」

任天翔聽得目瞪口呆，不知司馬瑜是在吹牛，還是真有如此神奇的本領。見司馬瑜已經鋪開羊皮卷，任天翔只得舉起火把為他照明，心中卻始終忐忑不安，不住在心中暗問：

中伏

第六章

「怎麼回事？前邊什麼情況？」季如風壓著嗓子小聲問。

話音剛落，就聽濃霧中傳來細微破空聲，直奔季如風所在的方向，

他急忙倒地一滾，就聽身後一陣密如雨點的奪奪聲響，

數十支弩箭已釘在了身後的草地上。

暗無天日的陵墓中，就見任天翔獨自高舉火把，而司馬瑜則在全神貫注的閱讀那些古舊殘破的羊皮卷。他看得如此專注，幾乎到了物我兩忘的境界。

不知過得多久，十多卷羊皮卷終於被他全部讀完，他抬起頭來，輕輕舒了口長氣：「行了，咱們可以出去了。」

任天翔看看倒斃於地的薩滿法師，遲疑道：「這傢伙不明不白死在這裏，你怎麼向他的弟子交代？而且，墨陵中這些財寶，我又怎麼從你的人面前拿走？」

司馬瑜微微一笑，突然向遠處輕呼：「小川君！」

小川流雲應聲而至，躬身問：「公子有何吩咐？」

司馬瑜頷首道：「接下來，就照咱們第二步計畫行動吧。」

小川有些猶豫：「公子非要如此？」

司馬瑜微微點頭：「必須如此！」

小川不再說話，突然拔劍急刺，長劍準確地釘入司馬瑜胸膛，劍鋒入肉數寸，直達臟腑。殷紅的血跡立刻在司馬瑜青衫上瀰漫開來。這一下事發突然，好半晌才聽到任天翔的失聲驚呼：「你……你瘋了？」

小川小心翼翼地收回長劍，正想閉住司馬瑜傷口周圍的血脈，卻被司馬瑜抬手阻止道：「傷口不能做任何處理，不然就穿幫了。」

小川急道：「公子傷勢非淺，若不立刻止血……」

司馬瑜已經痛得臉色煞白，卻依舊搖頭喘息道：「傷非致命，流點血也死不了。」

「你這是為啥？」任天翔手足無措，想要上前替司馬瑜包紮，卻被他推開道：「別管我的傷，現在小川是你的人，你們要以我為人質，從外面那些薩滿弟子和毒蛇毒蟲包圍下安然脫身。朗傑不明不白死在這裏，我若不帶點彩，如何能取信他的弟子？」

任天翔恍然大悟，原來司馬瑜是要演一場苦肉計，以便讓自己帶著墨陵中的財寶安然脫身，以助自己真正坐穩義門鉅子之位。他特意找來小川演這齣雙簧，顯然也是經過深思熟慮的考量。

自己與小川的交情天下皆知，小川臨陣倒戈也算是合情合理。直到這時任天翔才意識到，司馬瑜就像是一個最高明的棋手，在未落子前，已經算好了後續數十步的變化，他每一步行動都精確得像是日月星辰的運轉，他的每一個陰謀，都有種令人嘆為觀止的精巧和完美。

「趁我還撐得住，快帶上那些羊皮卷書扶我出去！」司馬瑜身形搖搖欲倒，卻還在高聲吩咐。

小川與任天翔連忙將所有的羊皮卷書用外套包裹起來，裹成兩個包裹，分別背在二人背上。然後上前扶起司馬瑜，挾著他沿原路而回，少時三人回到甬道入口，任天翔打開墓碑出得甬道，就見辛乙和幾個薩滿弟子或坐或臥，顯然早已等得有些不耐。

「馬師爺呢？」辛乙關切地往任天翔身後張望，就見小川手握長劍架在司馬瑜脖子上，扶著他從甬道中出來。

司馬瑜臉色慘白，胸前衣衫被鮮血濡濕了一大片，令人觸目驚心。

「怎麼回事？」辛乙失聲驚問，右手不由自主握住了刀柄。

「馬師爺神機妙算，卻偏偏漏算了一件事。」任天翔志得意滿地笑道，「他怎麼也想不到小川君會是我的人，而且一直都是。」

「小川？」辛乙總算有些明白，瞠目怒視小川質問，「是你臨陣倒戈出賣了咱們？朗傑法師呢？」

任天翔將朗傑的手環扔到辛乙面前：「朗傑不自量力，妄想阻止本公子的行動，我只好令小川將他擊斃。」

幾名薩滿弟子一聽這話，頓時群情激奮，哇哇大叫著就要撲上前。

小川急忙將司馬瑜推到身前，長劍緊抵他的咽喉喝道：「退後！再上前一步我就殺了他！」

「住手！」辛乙身形一晃，擋在幾名薩滿弟子之前，短刀出鞘橫掃，將幾人生生逼退。

見司馬瑜傷勢嚴重，他忙轉向任天翔急道：「快放了馬師爺，一切都好商量。」

任天翔喝道：「先讓你的人退出這座山谷，把那些毒蛇毒蟲也統統帶走。再把我妹妹——以及她丈夫和洪勝幫的人也放了，我自然會還你們馬師爺。」

辛乙還在猶豫，就聽司馬瑜虛弱地喘息道：「別……別管我，快將他們統統抓起來。」話音未落，他已兩眼翻白，突然昏死過去。辛乙見狀再不敢拖延，急忙揮手後退：「撤！」

轉眼之間，辛乙便帶著眾多薩滿弟子退出了山谷，連同那些毒蛇毒蟲也潮水般退去，片刻間便走得乾乾淨淨，只留下任天琪、洪邪及幾個被俘的洪勝幫弟子，依舊還綁縛在原地。

不等任天翔吩咐，姜振山急忙上前鬆開任天琪繩索，那邊洪景也趕緊放開兒子和幾個驚魂未定的洪勝幫弟子，帶到一旁裹傷救治。就見幾個人都是被毒蛇毒蟲咬傷後，這才落到薩滿教手中。

任天翔來不及理會妹妹，急忙讓小川為司馬瑜止血裹傷，然後拍拍背上的包裹對季如風道：「我已經拿到祖師爺留下的經典，剩下的財寶咱們以後再來取。任俠他們有消息嗎？快用信炮召喚他們！墨陵已經打開，咱們帶上祖師爺留下的財富就可趁夜離開。」

季如風看看天色，就見月影西移，顯然已經是後半夜。

山谷中的篝火因無人照料而漸漸熄滅，天地一片幽暗。他示意魯行拉響信炮，少時就見幾道人影從谷外飛射而來，魯行興沖沖地迎上去，正要與來人招呼，誰知尚未開口，就見領頭那人突然拔刀橫掃，刀光猶如閃電從魯行脖子上劃過，魯行的腦袋突然飛上半空，身子卻兀自還立在原處。幾個人腳下不停，轉眼間便來到近前。

「不對！這不是任俠他們！」任天翔馬上從他們鬼魅般的身影，發現了與任俠他們的不同，任俠他們身形雖快，卻依然不失從容瀟灑，而這幾條突然出現的黑影，卻透著一種森森的鬼氣，讓人不由自主生出一絲寒意。

他們顯然也不是薩滿教的人，薩滿教自朗傑以下，雖然也詭異神秘，但卻主要是驅使各種毒蟲毒蛇作為武器，本身的武功並不算多高明。而這幾個身著白色緊身衣，以白紗蒙面的人影，卻明顯比薩滿教眾弟子高出一大截。

在他們身後，還有無數綽綽約約的黑影，猶如狼群半隱半伏在荒草灌木中，隱隱攔住了通往山谷外的去路。

「來者何人？」姜振山率先迎上去，斷然暴喝。

一旁的洪景也暗自戒備，顯然來人的武功，讓他也感受到了一種莫名的壓力和威脅。

「你們不配知道。」領頭那身形高大的蒙面人，在姜振山面前停住腳步。

雖然看不到他的臉，但依然能感覺到他臉上那種目空一切的狂傲和自負。他的目光從眾人臉上一一掃過，最後落到任天翔和小川流雲背後的包裹上，以理所當然的口吻喝道，「留下墨陵中的東西，我讓你們平安離開。」

洪景臉上勃然變色，堂堂洪勝幫幫主，還從來沒有被人如此呵斥過。不過他臉上的怒氣一閃而沒，冷笑著隱忍不發。

姜振山卻忍不住呵呵大笑道：「閣下好大的口氣，莫非自以為吃定了咱們？」

那蒙面人衣衫無風而鼓，一股逼人的殺氣凜然透出。

姜振山凜然不懼地迎上對方的目光，正待搶先出手，卻感到肩上被人輕輕一拍，季如風已來到他身後，按住他的肩頭示意莫要衝動。

這義安堂的智囊以若有所思的目光，仔細打量著幾個突然出現的蒙面人，故作不解地問：「就算咱們將墨陵中的東西都留給你，就憑你們幾個，只怕也衝不出谷口薩滿教布下的蛇蟲陣吧。」

「這個不勞你們操心，那些毒蛇毒蟲在咱們眼裏，不過是些討厭的臭蟲罷了，一把火就可以燒得乾乾淨淨。」

蒙面人話音剛落，就見谷口方向漸漸亮了起來，有火光沖天而起，映紅了遠方幽暗的天空。

眾人見狀不由面面相覷，臉上皆有震驚之色。

要知道辛乙正率無數薩滿弟子守在谷口，他們怎會任人燒死那些毒蛇毒蟲？而且現在並不是冬季，無論荒草還是樹林皆青翠欲滴，尋常大火怎麼能點燃水分充足的樹木青草？

「你們還不留下東西快滾？」見眾人還在猶豫，那領頭的蒙面人開始不耐煩起來，「義安堂和洪勝幫闖下這點名聲不容易，莫把一世威名葬送在了這裏。」

任天翔聽到這話更是吃驚，沒想到對方竟然知道自己的底細，而自己對他們卻一無所知。聽對方這口氣，將義安堂與洪勝幫加一起也沒放在他眼裏。他們究竟是什麼人？為何如此準確地知道自己尋找墨陵的消息？而且正好趁義安堂與洪勝幫、薩滿教拼得三敗俱傷之時，才在最後出手？

任天翔正揣測著對方的實力和來歷，姜振山卻早已按捺不住，怒極而笑道：「閣下既然不把咱們義安堂放在眼裏，好歹也留下點讓人信服的東西吧。」

「好！」領頭的蒙面人一身斷喝，身形一晃便撲到了姜振山面前，迅疾得猶如山精鬼魅。姜振山大駭，急忙向後暴退，後退時不忘一拳擊出，期望阻住對方的來勢。

誰知拳剛擊出，力量尚未全部爆發，對方已一掌拍到，二人拳掌相碰，姜振山被震得腳下一個踉蹌差點摔倒，幸得季如風在他身後扶了一把，才總算沒有當場出醜。

「不錯，義安堂長老，果然不是浪得虛名。」蒙面人一身讚嘆，聽在姜振山耳中確如譏諷。雖然他腿傷未癒在先，又與洪景激戰在後，但就憑方才那一掌，他也試出這蒙面人的武功確實比自己強出不少。

「最後給你們一次機會，」蒙面人眸子中隱然有煞氣在流轉，手也緩緩握住了刀柄，「我數到三，若你們還不交出東西離開，那就永遠不要走了。」

七個蒙面人不約而同握住了腰間的兵刃，一股凜冽的殺氣有如實質般撲面而來。

任天翔雖然明知與對方實力相差懸殊，但實在不甘心好不容易到手的墨家寶藏就這樣拱手交出去。他與季如風和姜振山交換了個眼神，然後轉向洪景低聲道：「洪幫主，你若能助咱們帶著墨家經典逃離此地，義門願與洪勝幫共用祖師的遺寶。」

洪景心中一動，回頭看看幾個受傷的弟子，就見幾個人只是被毒蛇毒蟲咬傷中毒，經過方才救治後已無大礙。

他略一權衡，不由望向季如風，見對方也微微點了點頭，顯然對任天翔的提議並無異議，他這才低聲道：「同意。」

「一、二……」領頭的蒙面人緩緩開口數了起來，一股肅殺之氣頓時撲面而來。

洪景一揮手，幾個洪勝幫弟子立刻緊跟到他身後，不等那蒙面人數到三，洪景已一聲暴喝：「走！」

這聲暴喝猶如一聲驚雷，震得人兩耳發蒙。緊跟著洪景已如怒獅向領頭的蒙面人衝去，人未至，雙拳已連環擊出，勢若奔雷。幾個洪勝幫弟子緊追在他身後，也發出一種近乎癲狂的嚎叫，奮不顧身地向幾個蒙面人衝去。

雖然他們的武功跟洪景不在一個層次，但就如同一群由獅子率領的綿羊，在獅子的勇氣鼓舞下，也爆發出了驚人的戰力。

領頭的蒙面人抬掌硬擋，想要阻住洪景的衝擊，但由於洪景是有備而發，渾身內勁得到充分的爆發，而那蒙面人卻是倉促招架，渾身內勁僅使出七八成。頓時被洪景連環重拳逼得連連倒退，最後不得不閃開兩步，以避其鋒芒。

洪景將背後的空門完全交給弟子，自己則一往無前地往山谷外急衝，幾個洪勝幫弟子緊跟在洪景身後，組成了一個楔形隊形，一頭紮入那些攔路的黑影中。荒草中不時有人躍將出來，想要阻止眾人的前進，但都被洪景一一擊退。

在洪勝幫眾人之後，季如風與姜振山一左一右護著任天翔往外急衝，小川流雲手執雙劍為眾人斷後，護著司馬瑜和任天琪緊隨洪勝幫眾人往外急衝。幾個蒙面人雖竭力阻攔，但架不住眾人那種拼死一搏的悍勇，最終還是被眾人突破阻攔，徑直衝到山谷之外。

洪景一路連殺十餘人，終於突破阻撓衝到山谷之外，早已是精疲力竭身上帶彩。但見山谷外的叢林已經被燒得面目全非，火勢大半熄滅，只剩下滾滾的濃煙，那些令人噁心的毒蛇毒蟲早已經不見了蹤影，不知是葬身火海還是早已逃得不知去向。

這場大火來得突然，燒得迅速，沒多會兒就將山谷外整片樹林、荒草幾乎燒得乾乾淨淨，簡直不像是人間的凡火，透著莫名的詭異。眾人跟著洪景衝入大火過後的火場，借著濃煙的掩護，加上此刻正是黎明前最黑暗的天光，眾人這才擺脫了那些蒙面人的追擊。

來到一處煙塵稍薄的空地，眾人正要稍作歇息，突聽夜空中傳來刺耳的嘯叫，忽高忽低變化多端，猶如狼嚎傳出老遠。

季如風仔細聽了聽，變色道：「他們還在調集人手，顯然是不甘心墨子遺寶被咱們所奪，正從後方包抄過來，這兒不可久留。」

任天翔環目四顧，喃喃自語道：

「若我猜得不錯，那幫薩滿教的人多半也吃了大虧，大家四下找找，看看能否找到他們的蹤跡。今晚的對手實力實在可怕，咱們得借助一切可以借助的力量。」

話音剛落，就聽走在前方的任天琪一聲驚叫，轉身撲入任天翔懷中，渾身簌簌發抖，閉著眼再不敢回頭。直到眾人爭相詢問，她才抖著手指向身後。

眾人順著她所指望去，就見尚未燃盡的樹木灰燼中，有一截燒得黑如焦炭的手，猶如還在掙扎般伸向天空。姜振山拔刀撥開燒焦的樹枝，立刻露出了幾具燒得不成人形的殘骸，令人觸目驚心。

「是薩滿教的人。」姜振山從殘骸上挑出一件金屬飾物，依稀還能認出是薩滿教弟子戴的頭箍。

季如風仔細查看了看殘骸上殘留的傷痕，駭然道，「他們不是死後才被燒成這樣，他們一直在掙扎，是被火活活燒死！」

「這怎麼可能？」洪景有些將信將疑，「以他們的武功，就算逃不出火場，也不至於幾個人集中燒死在這裏吧？」

季如風用劍挑起一具殘骸，只見兩條腿齊膝而斷，斷處十分整齊。眾人相顧駭然，就算白癡也能看出，這些薩滿教弟子是被人斬斷雙腿後，才被大火活活燒死。雖然眾人沒少見過江湖上血腥的殺戮，但像這樣殘酷的虐殺，眾人卻還是第一次見到。

左側的煙塵突然擾動，洪景想也沒想便一掌砍出。朦朧中與人對了一掌，對方不僅沒有被震退，反而搶先變招再次出掌。洪景大驚，雙掌連環出擊，就聽煙塵中傳來二人拳掌相擊的砰砰聲響，聽這拳腳聲，對方的速度竟然與洪景不相伯仲。

一旁煙塵中又有亂流擾動，洪景本能地收腹縮胸，就見一柄長劍幾乎是貼著自己的胸膛劃過。洪景大驚失色，這一劍的速度超過了他最大膽的預料，若非他臨敵經驗老道，早已傷在這一劍之下。他急忙飛身後退，就見煙塵分開，兩個尚未看清的對手已追擊而來。

「住手！」黑暗中傳來任天翔一聲斷喝，兩個人應聲停手。

其中一個人驚喜的問：「是任公子？」

「是我！」任天翔迎上前，就見面前果然是任俠與杜剛。

黑暗中，其實他也沒看清二人的模樣，只是從二人的招式中認出了他們。他欣喜道，「果然是你們，其他人呢？」

杜剛向遠方吹了聲口哨，不多會兒就見十多個人影從濃煙中陸續現身，正是墨門十三士與褚剛，見眾人一個不少，任天翔又驚又喜，連忙追問究竟，才知方才他們先是遭到洪勝幫高手的糾纏，跟著又被薩滿教的毒蛇毒蟲伏擊。

他們雖然不懼任何對手，但面對漫山遍野的毒蛇毒蟲卻還是第一次，因而陣腳大亂，不少人還被毒蛇毒蟲所傷，所以看到谷中沖天而起的信炮，卻也無法脫身救援。再後來，叢林中突然燃起沖天大火，更是封住了通往山谷的去路，直到火勢稍弱，他們這才分頭尋找過來。

「太好了！」任天翔大喜，拍拍背上的包袱，「祖師遺寶俱在這裏，有你們相護，定可安然無恙。」

「我洪勝幫的人呢？」洪景忙問。

杜剛冷哼道：「洪勝幫的人突然襲擊咱們，打了咱們一個措手不及，咱們這才著了薩滿教的道。我還想找他們算賬呢，你要知道麻煩告訴一聲。」

洪景自知理虧，不敢再問。

季如風忙圓場道：「洪勝幫與義安堂先前雖有衝突，但畢竟都是墨家弟子，同源同宗。今晚咱們遭遇了前所未有的強敵，理應攜起手來，共度難關才是。」

任天翔想起慘死在洪景手下的崑崙奴兄弟，心中痛如刀割，但眼前這局勢顯然還不是找洪景算賬的時候，他只得強壓悲慟，對眾人強笑道：

「季長老深明大義，值得我輩效法。從現在起，義安堂與洪勝幫的恩怨暫且揭過，請大家對著祖師的遺作發誓，誰若再提便是對祖師的不敬，將被永遠逐出墨門。」

眾人悚然動容，不過也理解任天翔的決定，便都紛紛舉手發誓。

任天翔見眾人與洪景總算暫時攜手，這才放心道：「好！咱們趁著煙霧未散、天色未明，儘快離開這險地，至於墨陵中剩下的財寶，咱們回頭再來取不遲。」

季如風借著天上時隱時現的星光辨明方向，往左方一指：「從這裏可以離開山區，直達泰州城。」

眾人跟在季如風身後，借著濃煙和夜幕掩護，向山區外悄然而行。

走出沒多遠，就聽前方傳來細微的腳步，眾人急忙停步，紛紛拔刀戒備。就見煙霧中走出幾個薩滿教弟子，領頭的正是辛乙。幾個薩滿教弟子身上都已掛彩，看起來十分狼狽。

「什麼人？」幾個薩滿教弟子也發現了眾人，紛紛拔刀戒備，如臨大敵。

雖然先前還是生死相搏的死敵，但現在他們顯然已不是主要對手。

任天翔示意領頭的墨士暫且收起兵刃，上前問道：「貴教那些毒蛇毒蟲已經讓人一把火燒個精光，你們還不逃走？」

「我看你們也好不了多少。」辛乙認出是義安堂眾人，也不由出言譏諷。

洪勝幫倖存的弟子一聽這話，紛紛破口大罵，忍不住就要找辛乙等人算賬，任天翔忙示意大家冷靜，然後笑問：「你們是不是走錯了方向？離開那山谷應該走這邊。」

「我是回來找馬師爺。」辛乙冷哼道，「我已經依言帶人撤離了山谷，你是不是該履行承諾，將馬師爺還給咱們了？」

任天翔回頭看看司馬瑜，才發現他因傷勢太重，已處於極端虛弱的狀態，再帶著他反而有所不便。他示意小川將司馬瑜交給辛乙後，忍不住提議道：「你們現在人單力薄，最好跟咱們一路，以免再遭遇危險。」

「不勞閣下費心，我看跟著你們才會有危險。」辛乙示意兩個薩滿教弟子扶起司馬瑜就走，走出沒多遠卻又突然回過頭，意味深長地道，「如果你們想從這個方向去泰州，我看還不如原路退回去。」

任天翔聽得莫名其妙，正想細問，辛乙已帶著司馬瑜和幾個薩滿教弟子走向另一個方向，轉眼即消失在朦朧迷霧之中。他不禁轉向季如風道：「他這話是什麼意思？」

季如風神情凝重，遲疑道：「莫非前面有埋伏？他在給我們提個醒？」

任天翔拿出地圖看了看，就見除了從這個方向去往泰州，其他方向都要在山中繞上兩三天，才能去到最近的州府。

他怕在深山中夜長夢多，如果早點趕到泰州，憑他御前侍衛副總管的身分，可以立刻調集官兵保護。那些蒙面人再膽大妄為，也不敢公然在鬧市向官兵出手吧？

權衡之後，他不由對季如風道：「就算前面有埋伏又如何？憑咱們現在的實力，我看用不著懼怕任何人。」

季如風憂心忡忡地捋鬚沉吟，似乎還在猶豫難決，任天翔卻已斷然揮手道：

「咱們不能為那小子一句話就改變計畫，要知道他對墨子遺寶也是虎視眈眈，沒準他是故意將咱們往岔路上引，好趁機出手搶奪呢。」

洪景等人也都紛紛點頭，季如風無奈道：「那咱們小心行事，走一步看一步吧。」

眾人以洪勝幫的人打頭探路，以小川和褚剛斷後，中間由墨門十三士保護著任天翔兄妹，徑直往泰州城方向疾行。

沒多久，眾人便走出了大火燃過的火場，來到一個兩山相對的峽谷，此時天色微明，就見谷中霧氣瀰漫，十丈之外就看不清人影。

「大家跟緊一點，別走散了！」前方洪景在招呼洪勝幫弟子，話音剛落，就聽濃霧中傳來兩聲短促的慘呼，就像是驚叫的雞鴨突然被人割斷了喉嚨。眾人趕緊停步，全神貫注地留意著周邊的動靜。

「怎麼回事？前邊什麼情況？」季如風壓著嗓子小聲問。話音剛落，就聽濃霧中傳來細微破空聲，直奔季如風所在的方向，他急忙倒地一滾，就聽身後一陣密如雨點的奪奪聲響，數十支弩箭已釘在了身後的草地上。

雖然躲過了大半箭雨，但一支弩箭依然釘入了他的小腿後方，嵌入腿骨數分。他咬牙一聲不吭，同時示意大家噤聲。

雖然事發突然，但任天翔已看清了弩箭射來的方向，他向那個方位指了指，然後向幾個墨士略一示意，一個墨士故意扔出一塊石頭吸引箭手注意力，另外幾個墨士則相互掩護，配合默契地向那個方位悄然摸去，片刻後，就聽上方幾聲短促的慘呼，跟著是幾個重物墜地聲。

姜振山連忙上前查看，然後回頭稟報道：「是那些白衣蒙面人，身上沒有任何標識，不知來歷。」

話音未落，就聽前方傳來洪景的呼喝，以及拳風破空聲和兵刃偶爾的相擊，顯然洪勝幫已經跟暗藏的敵人交上了手。

任天翔急忙示意上前支援，眾人加快步伐向前數十步，就見四道白影如鬼魅般在濃霧中穿梭往來，倏然進退，每一出擊必有洪勝幫弟子中招倒地，洪景雖然竭力想要阻攔，但架不住對方有四人，再加上有濃霧的掩護，因而難以擋住對方神出鬼沒的進攻，更無力保護所有弟子的周全。

任天翔見狀，忙示意任俠等人上前增援，就見幾名墨士飛身撲入戰團，那四個白衣蒙面人稍一招架便翩然而退，因有濃霧的掩護，幾個墨士也不敢全力追擊，就聽一個蒙面人飄飄渺渺、悅耳如鈴的聲音從濃霧中隱隱傳來：

「留下墨子遺寶，放你們一條生路，不然就別想再走出這無憂峽。」

死人才可無憂，也許這就是無憂峽的來歷吧。眾人心中微凜，急忙與洪勝幫的人匯合一處，就見這短短片刻功夫，洪勝幫弟子已經死傷大半，有的死於濃霧中突然射出的弩箭，不過更多是死於方才那四個行若鬼魅的白衣蒙面人之手。

此刻，洪景身邊除了兒子洪邪，僅剩下最後兩個緊跟在他身後的弟子——並不是這兩個弟子武功有多高，只是那四人多少對洪景還有點忌憚，所以儘量避免跟他硬拼而已。

姜振山匆匆查看了幾個被殺的洪勝幫弟子，臉上頓時變色：「好狠的出手，幾乎全是一招斃命！」

眾人相顧駭然，這次能跟隨洪景前來的，皆是洪勝幫最強的弟子，沒想到竟然連那四個白衣蒙面人一招都擋不了。雖然這有洪勝幫弟子大多疲憊不堪甚至負傷在先，又有對方借了大霧掩護的原因，但那四個白衣蒙面人的武功，依然令眾人大為吃驚。

眾人望向洪景，就見這個先前還目空一切的江湖豪強，此刻卻是臉色煞白，滿臉震駭，望著那四個白衣蒙面人離去的方向喃喃自問：

「他們的武功絕非中原常見的流派，其狠辣詭異實乃洪某平生僅見，這等高手平時遇到一個都不容易，現在竟先後出現了十餘個，他們究竟是什麼人？」

「我知道他們是什麼人了！」突聽有人接口，眾人應聲望去，卻是滿臉蒼白的任天翔。

只見他神情如見鬼魅，憂心忡忡地望向濃霧深處，一字一頓道，「我以前見到過同樣的武功，那是大雲光明寺摩門大教長拂多誕座下五明使之四——大般、淨風、惠民、降魔。方才發話的就是淨風，一個談笑間就優雅殺人的漂亮女人。」

「沒錯，必定是他們！」季如風已經包紮好腿上的箭傷，神情冷峻地望向前方嘆息道，「如果方才那四人是摩門五明使，那麼先前在山谷中與咱們為敵的，多半就是摩門長老或護法。據我瞭解，摩門自大教長以下，設有左右護法，五明使和七長老，沒想到今日咱們竟遭遇大半，看來他們已是傾巢而出，對我墨家遺寶志在必得！」

眾人面面相覷，相顧駭然。

雖然摩門在長安聲名鵲起，但那只是出於宗教的原因。還很少有人見過摩門武功，有機會與摩門高手正面相搏者更是少之又少。而江湖上一向是以大唐帝國為世界之中心，武功也是以中原為尊，從來就瞧不起來自偏遠外邦的各種異國武功，認為那不過是些邪門歪道。沒想到今日第一次見到摩門高手齊出，才真正意識到他們的可怕。

「既然他們已在這峽谷設下埋伏，咱們不如暫時撤回去。」洪景望向來路提議道，「趁現在濃霧還未消散，咱們不如先退出峽谷再做打算。」

季如風還在沉吟，任天翔已嘆息道：

「只怕現在咱們已經退不回去了。先前咱們突圍逃離那個龍回頭的山谷，那些摩門高手並沒有全力追來，想必就是算準咱們一定會走這條近路趕往泰州，所以他們只是跟在咱們身後，待咱們進入這峽谷後便守住峽口，與前面埋伏的摩門五明使形成合圍之勢。咱們後方的摩門高手實力肯定更強，要想再原路退回去，只怕比向前殺出一條血路更加艱難。」

眾人仔細一想，也確實是這個道理。現在前有伏兵，後有堵截，何去何從，眾人不禁一籌莫展，相顧默然。

「我不明白！」季如風突然若有所思地自語，「摩門怎麼會準確無誤地追蹤到這裏？而且對咱們每一步行動似乎都瞭若指掌，直等到咱們跟洪勝幫和薩滿教鬥得兩敗俱傷之後，他們這才突然出手，將咱們堵在這片絕地？」

洪景見季如風望向了自己，忙道：

「你別看我，雖然我跟義安堂明爭暗鬥多年，卻還不至於借助外人的力量，對義安堂趕盡殺絕。再說，我對墨門遺寶也是志在必得，從未想過要跟來歷不明的摩門分享，我憑什麼要跟他們勾結？」

季如風微微頷首道：「我不懷疑洪幫主會與摩門勾結，只是好奇洪幫主怎麼會知道咱們的行蹤？我知道這涉及貴幫的隱私，不過此事關係重大，還望洪幫主不吝相告。」

洪景臉上閃過一絲尷尬，跟著哈哈一笑道：

「義安堂與洪勝幫爭鬥多年，咱們雙方都在對方陣營中安插有眼線，對此洪某也不必諱言。義安堂高手傾巢而出這等大事，要是洪某也一無所知，洪勝幫還敢與義安堂爭一長短？」

季如風點頭道：「只有對手才最瞭解彼此，洪勝幫能追蹤到咱們的行蹤不奇怪。但摩門只是剛到長安的外來者，為何對咱們兩派的行蹤俱瞭若指掌？」

洪景神情一震，頓時露出深思之色。

季如風的目光轉向義安堂眾人，徐徐道：「這次咱們的行蹤，只有在場的諸位知道，就連堂主蕭傲也不知底細，大家知道這意味著什麼？」

意味著，眾人中間必有摩門奸細！這話季如風雖然沒有說出口，但意思再明白不過。眾人不禁面面相覷，以懷疑的目光相互打量。

這次隨任天翔一同前來的，除了季、姜兩位長老和墨門十三士，就只有褚剛、崑崙奴兄弟和魯行等人。

季、姜兩位長老沒人敢懷疑，而墨門十三士皆是墨家弟子中千挑萬選、又經過多年考驗的墨門精英，不可能混入摩門奸細。剩下就只有褚剛、崑崙奴兄弟和盜墓出身的魯行，如今魯行已死在摩門長老手中，崑崙奴兄弟又是啞巴，而且也已死在洪景拳下，他們都不太可能是奸細，所以最大的嫌疑，無疑就只有褚剛了。

見不少人都以懷疑的目光望向自己，褚剛瞠目怒道：「你們望著我幹什麼？難道以為我是摩門內應？」

所有人都沒有開口，他們知道褚剛是任天翔最信任的兄弟，所以就算心中有天大的懷疑，卻也不好說出口來。

任天翔見狀忙道：「褚剛是我堅持帶來的兄弟，如果他是摩門奸細，我願與他同罪。現在咱們不是相互猜忌的時候，最要緊的是趁大霧未散，儘快衝出這處絕地。如今洪勝幫傷亡慘重，無法再擔負開路先鋒的重任，不知哪位兄弟願為大家探路？」

任天翔話音剛落，就見一個身材瘦小，一直沉默寡言的中年漢子越眾而出，雙手倒扣兩柄長不及一尺的短劍，向任天翔躬身為禮道：「弟子願往！」

任天翔依稀記得他叫顧心遠，是墨門十三士中很老成穩重的一個。

任天翔正想勉勵幾句，突然發覺顧心遠在回避著自己的目光，臉上隱然有些不自在，任天翔心中奇怪，但也沒做他想，只讚賞道：

「有顧兄弟為大家開路，咱們定可順利衝出重圍，只是你一人勢單力薄，須得有幫手才行。」

褚剛應聲道：「既然大家懷疑我是奸細，那我就為大家先行探路。若遇阻攔，在下定不手軟，必殺幾個裝神弄鬼的摩門弟子以證明自己。」

褚剛話音剛落，小川流雲也越眾而出，躬身道：「小川願為先鋒，為大家開路。」

任天翔奇道：「小川君本是外人，何必冒此大險？」

小川流雲淡淡笑道：「既然同行，大家就是一條船上的朋友。像開路這種危險的任務，在咱們扶桑一向是由武功最高的武士來擔任。小川不才，願領此殊榮。」

雖然小川流雲武功未必最高，但他那種扶桑武士特有的責任心和榮譽感，依舊讓人肅然起敬，任天翔不禁擊掌道：「好！那就有勞小川兄了！」

「等等！」任天翔話音剛落，就見任俠也越眾而出，以不屑的目光掃了小川一眼，對任天翔抱拳道，「弟子不敢自認武功最高，但自信不輸一個島國武士，弟子願為大家開路。」

任天翔見還有墨士想要爭先，忙擺手道：「好了好了！兵貴精而不在多，就由你們四人為大家探路，若遇埋伏，就以嘯聲為信。」

奪寶

第七章

就見一道由數十面盾牌組成的盾牆，正緩緩向前推進。
每面盾牌上有個小小的缺口，數十支長矛便從那缺口中探出來，
就像是帶刺的刺蝟在緩緩向前推進。
一旦遇到進攻，盾牆便完全合攏，變成一個堅不可摧的堡壘。

清晨的濃霧已散去大半，峽谷中變得明亮起來。就見這是一處光禿禿幾乎看不到樹木雜草的峽谷，兩旁是壁立的岩石，中間則是一條蜿蜒的亂石小道，最窄處僅容兩匹馬並排通過。只可惜眾人的坐騎都已經在大火中跑散，只能靠步行來趕路。

顧心遠四人先行一步為眾人探路，眾人則落後十餘丈尾隨其後，直奔峽谷的盡頭。眾人知道前方必有惡戰，全都刀劍出鞘，做好了戰鬥的準備。

後方傳來隱約的腳步聲，聽聲音有數十人之眾，負責殿後的杜剛忙小聲稟報：「後方有人追來了，離咱們已不到五十丈。」

「停！」任天翔一聲輕喝，率先停下腳步。見眾人都望向自己，他沉吟道，「追兵在這個時候加速迫近，多半前面就是他們張好的口袋，他們想要與前面的伏兵會合，給咱們來個前後夾擊。」

「你敢肯定？」一個倖存的洪勝幫弟子將信將疑地問。

任天翔猶豫起來，不由將目光轉向了季如風，就見這個義安堂的智者用鼓勵的目光望著自己，輕聲道：「你是義門鉅子，應該學會自己下判斷拿主意。」

任天翔頓感肩上責任重大，神情也不由凝重起來。他意識到這些人的命運現在就掌握在自己手中，一個判斷失誤就有可能讓大家付出鮮血乃至生命的代價。

他在心中略作權衡，最後深吸一口氣道：「我不敢肯定，但這是人之常情。所以我們不能再往前，而是要返身先對付追兵，先解決後顧之患，再闖前方的龍潭虎穴。」

見季如風在微微頷首，任天翔頓時受到鼓舞，正色道：「咱們沒時間了，義門弟子隨兩位長老迎擊追兵，洪幫主請帶弟子去接應前方的顧心遠四人，讓他們務必擋住前方的敵人，為咱們贏得至少半炷香的時間。」

說到這他略頓了頓，「對方既然完全不顧江湖道義，一上來就痛下殺手，先殺我墨門弟子，又屠戮洪勝幫門人，那咱們也不用再心慈手軟，務必以最大的力量，在最短時間內給對方造成最大的傷亡。」

「咱們憑啥要聽你的？」洪邪已經從先前被薩滿教所俘的驚慌中恢復過來，見任天翔竟敢給洪勝幫下令，他不禁抗議道，「就算你是義門的鉅子，卻也管不到咱們洪勝幫，我們為啥要聽你分派？」

「閉嘴！」不等任天翔開口，洪景已輕聲喝道，「照任公子吩咐去做，任何人不得違抗。」

洪景說著，率先往前而行，他知道任天翔的安排在現在這情況下最為合理，沒理由反對。現在洪勝幫與義安堂是一樣的處境，都處在極端危險的境地，只有通力合作才可能逃過大難。

洪勝幫兩個倖存者見洪景都沒異議，也就不敢再說什麼，忙追上洪景的背影。洪邪悻悻地瞪了任天翔一眼，最終還是跟父親一起，去前方支援顧心遠他們，為任天翔贏得時間。

估計以洪勝幫諸人再加上顧心遠等人，暫時擋住前方的敵人應該沒問題，任天翔這才往後方一指：「走！」

義門十三士俱是修為深厚的武士，立刻分成兩組，在季如風和姜振山率領下，貼著山壁向追兵包抄過去。任天翔則帶著妹妹，找了個地勢稍高的石凹，從這裏正好可以看到峽谷中的情形。現在兩包羊皮卷書分別由他和任天琪背負，所以他必須小心謹慎，不容有任何閃失。

山谷中的霧氣已經散去大半，朝陽為山巒抹上了一層猩紅的色彩。不過置身於兩山相夾的峽谷，依然感受不到陽光的溫暖，只有陣陣寒氣從峽谷中翻湧而上。

任天翔凝目望去，依稀可以看到十幾名墨士在季如風和姜振山率領下，很快就貼著岩壁搶佔了有利地形，然後十多人悄無聲息地潛伏下來，而此時，一隊白衣蒙面人已快速接近，漸漸進入了伏擊圈。

隱約聽到季如風一聲令下，十幾個人立刻倏然撲出，十幾柄刀劍捲起的旋風，令峽谷中的霧氣也劇烈翻滾起來。就見衝在前面的幾個蒙面人，突然被殺了個措手不及，轉眼死傷大半，剩下幾個也嚇得掉頭就跑，全然沒了先前的勇氣和鬥志。

任天琪忍不住一聲歡呼，但任天翔心卻是突地一沉，他發現那些蒙面人中，竟然沒有一個可稱得上高手，在眾墨士的劍下幾乎沒有一合之將，這實在不該是追擊的先鋒。任天翔心中隱約感到一絲不安。

義安堂眾人早已憋著一股怒氣，見對手要逃，立刻發足追了上去。

就在這時，突見前方濃霧深處，一排排弩箭帶著刺耳的呼嘯，如雨點般飛速射到，幾個逃得最快的蒙面人應聲栽倒，追在他們身後的義安堂眾人也是措手不及，先後有人中箭，追擊之勢立刻瓦解。眾人不得不各找隱蔽處躲避弩箭，被壓制得抬不起頭來。

沒想到對手竟不顧自己人的性命，這一輪箭雨來得又快又急，不僅射倒了十幾個逃回的蒙面人，也讓義安堂眾人猝不及防，先後有人中箭。

兩輪箭雨過後，就見濃霧中緩緩顯出一隊陣容嚴整、手執弩弓的白衣箭手，個個精悍勇武，帶著凜凜殺氣。在他們後方，一個身材高大的蒙面人正指揮著他們，雖然相隔十多丈，任天翔還是一眼就認出，那正是殺害魯行的凶手。

直到這時任天翔才明白，自己的安排早已在摩門的預料之中，所以他們以十多個武功低微的弟子為餌，引義安堂出手伏擊，而他們真正的精銳卻埋伏在後，打了義安堂一個措手不及。

他們無論武功還是戰術，完全不同於任天翔見過的任何一個江湖幫派，他們讓任天翔突然想到一個詞——專業！

不錯！摩門是專業的殺人集團，他們每一步行動都有嚴密的策劃和預案，絕非像尋常江湖幫派那樣憑感覺行動，更不像許多幫派那樣只是一群烏合之眾。他們有嚴密的組織和紀律，簡直就像是一支小型的軍隊，他們的眼裏只有勝利，為了這個目標，不僅對敵人，就連對自己人都沒有一絲憐憫。

他們真應該被稱作魔門！任天翔在心中感慨，他不知道摩門乃是來自波斯那個戰亂頻發，宗教戰爭此起彼伏的凶險之地，若沒有如此嚴密的組織形式和訓練有素的武士群體，早已經被波斯王室所滅。他們曾經的生存環境，是太平已久的中原武林不可想像的。

義門真應該向摩門學習！任天翔突然生出這樣的念頭，但他立刻又暗自苦笑——怎麼也得先逃出眼前的困境，才能考慮以後的事吧。

摩門箭手雖然佔據了上風，但卻並不急於進攻，他們在十餘丈外停了下來，端起弩弓嚴陣以待。

他們選擇的位置十分巧妙，這個距離即可防止義門墨士突襲，又能保持對對手的壓制和威脅，而且他們所選的位置正好是在一處丈餘高的亂石上方，不僅居高臨下，而且還能防止對手從正面強攻，這一丈多高的亂石即成為一道天然的保護屏障。

他們這種對地形準確把握和利用的細節，無不透露出不同於普通江湖武夫的素養，這種專業素養絕非一朝一夕之功，而是經歷過無數次生死搏殺才能慢慢沉澱下來，成為一種深入骨髓的戰場素質。

數十名箭手守住峽谷靜靜等待。任天翔知道他們在等什麼，他已經隱隱聽到前方傳來的打鬥聲音，顧心遠和洪景等人已經跟前面的摩門高手交上了手。這邊的摩門箭手顯然是在等前方埋伏的同伴，將義安堂眾人逼到自己弩弓殺傷力最強的距離。

在另一個方向上，那隱約的打鬥似乎在向這邊逼近，憑洪景和顧心遠等寥寥數人，顯然是難以長久抵擋摩門高手的進攻，他們正在向這邊退卻，形勢對義安堂眾人十分不利。

「天翔，快快下令！」季如風焦急地回頭高呼，顯然他也聽到了後方傳來的打鬥聲，明白了眾人目前的處境，希望任天翔以鉅子的身分下令強攻。

任天翔知道季如風的意圖，必須令眾墨士正面衝破摩門的箭陣，方可為眾人贏得騰挪的空間。但是面對數十名嚴陣以待，而且居高臨下守在高處的弓箭手，像這樣正面強攻將造成多大的傷亡？

任天翔第一次意識到，作為一個鉅子必須面臨的艱難選擇。他開始後悔在對己方的實力還沒有完全的把握和瞭解，又沒有周密計畫的情況下，就倉促帶人前來尋找墨陵，終於使大家陷入了眼前的絕境，自己實在不是個合格的鉅子。

「天翔，不能再等了！」姜振山也在焦急地高喊。

心中權衡再三，實在沒有更好辦法，任天翔只得一咬牙，毅然下令：「衝！」

話音未落，被壓制在隱蔽處那十多名墨士立刻應聲躍出，奮不顧身地向摩門箭陣衝去。數十支弩箭立刻帶著刺耳的呼嘯飛射而出，飛蝗般撲面而來。

衝在最前方的兩名墨士雖然舞劍擋開了大部分箭簇，但由於弩箭太密而且距離過近，兩人先後身中數箭，不過他們依然舞劍悍勇地衝向箭陣，為身後的同伴擋住了大半箭雨。

面對十多名墨士不要命的衝鋒，摩門弩弓手分成三撥，第一撥射箭，第二撥裝箭，第三撥瞄準。三撥循環往復，織成了一道連綿不絕的箭幕，不留任何攻擊的間歇。

但就在這樣密集的箭雨下，兩名渾身釘滿弩箭的墨士依然衝到了近前，二人渾身浴血，手舞雙劍，直到離箭陣不足兩丈時才失力跪倒，卻猶在以劍拄地奮勇高呼：「走！」

話音未落，就見兩名墨士踏著他們的肩頭借力一躍而起，猶如蒼鷹般飛躍丈餘高的亂石屏障，落在摩門箭手中間，他們的武功和勇武超出了眾箭手的預料，等眾人明白過來，已有數名墨士踏著同伴的肩頭飛入箭陣，快刀連環砍削，無數箭手甚至來不及招架，就已經身首異處，曾經堅如磐石的摩門箭陣，終於開始混亂起來。

「好！終於衝上去了！」任天翔忍不住一聲歡呼，淚水卻忍不住撲簌簌滾落下來。他也算見多識廣，親眼目睹過無數征戰殺伐，但像這些墨家弟子這樣勇敢的戰士，他卻還是第一次見到。

摩門箭手不以武功見長，一旦與真正的高手短兵相接，就完全沒了招架之功。雖然指揮他們的摩門長老武功不弱，但面對十多名墨士的瘋狂進攻，數十名箭手轉眼死傷過半，領頭的摩門長老只得倉促後撤，讓出了腳下這片易守難攻的亂石高地。

兩名衝在最前方的墨士已然氣絕，但他們依舊保持著單膝跪地的姿勢，用身體為同伴搭起了一級通往勝利的階梯。他們被抬了上來，只見二人渾身上下釘滿了箭羽，密密麻麻不下百支。

任天翔對二人默默一拜，含淚道：「兄弟走好……我會永遠記得你們……」

前方的打鬥聲越來越近，看來洪景也快要支持不住。任天翔看看眾人，就見在方才那一輪強攻中，不少人也先後掛彩，就連姜振山也是身中數箭，他環顧眾人問：「還能戰嗎？」

眾人咧嘴一笑，似乎這是天底下最大的笑話。任天翔信心倍增，毅然道：「好！咱們立刻與顧心遠和洪景他們匯合，能否一舉衝破阻攔直達泰州，就在眼前這一戰。」

「等等！」季如風突然道，「得有人留下來阻擋後方的追兵，不然咱們一旦前方受阻，立刻就陷入腹背受敵的危險境地。」

任天翔不會不知道這個常識，不過他更清楚，一旦留下來阻敵，幾乎就是必死無疑。他的目光從眾人臉上一一望過去，心中委實難決。

就在這時，突聽有人開口道：「我留下來！」

任天翔轉頭一看，就見是身中數箭的姜振山，他忙道：「姜伯身負重傷，怎可……」

姜振山擺手道：「正因為老夫身負重傷，才要留下來阻敵。如果我跟你們一路，必成所有人的累贅。這裏有摩門箭手丟下的弩弓箭羽，我靠這些也能抵擋一陣。只要不跟人正面動手，我這傷還不礙事。」

姜振山話音剛落，幾名負傷的墨士也都紛紛要求留下，與姜振山一起為眾人阻擋追兵。任天翔雖然知道，這對整個團隊來說是最好的辦法，但對這些留下來的傷者，卻是非常殘忍，這幾乎就是將他們留給了敵人，生還的機會微乎其微。

見眾人皆在望著自己，任天翔深吸一口長氣，望向兩個沒有受傷的墨士，輕聲道：「馬兄，武兄，我想拜託你倆留下來阻擋追兵。」

眾人大為意外，姜振山急道：「天翔你瘋了，我既然已身負重傷，留下來阻擋追兵是再合適不過。你為何……」

「我沒有瘋！」任天翔輕輕拍了拍幾個受傷者的肩頭，「你們已經為我們大家付出了鮮血的代價，現在該輪到我們來為你們付出。既然你們選擇了我做鉅子，那麼，我就必須對你們每一個人負責。我發誓，在任何艱難的情況下，都絕不拋下你們中任何一個。如果害怕傷者拖累就拋下同伴，我們還有何顏面向世人宣揚墨家之義？以後咱們誰還敢厚顏自稱義門？」

眾人神情微震，皆為先前的想法暗自慚愧。

任天翔目光從眾人臉上徐徐掃過，坦然道：「以前我並不怎麼相信鬼神之說，對墨子著作中大力宣揚鬼神的篇章一直心存疑慮，將它視為墨家學說的缺憾。但是現在我終於明白墨子崇尚鬼神的真意，也多少有點理解祖師創立墨家學說的真實想法。」

眾人皆有好奇之色，不知這位年輕的鉅子會有什麼新奇的看法。不過，任天翔似乎並不想在這個問題上繼續深談，他將目光轉向留下來的馬、武兩位墨士，躬身拜道：

「這裏就拜託兩位兄弟了，必須看到咱們的信炮才能撤退，咱們所有人的安危，便都繫在你二人的肩上了。」

馬、武二人趕緊躬身拜道：「鉅子放心，只要我倆還有一口氣在，就決不放一個人通過這裏！」

任天翔點點頭，對眾人輕聲道：「好！攙扶起傷者，咱們走！」

眾人隨著峽谷走出不過數十丈，就見洪景等人正狼狽地在往後退卻，任天翔忙迎上去問：「怎麼回事？」

「媽的，我從來沒見過這麼不要臉的對手！」洪景恨恨地啐了一口，眼中既有怒火也有無奈，他的肩上腿上皆已帶傷，手中一柄單刀也斷了半截，身邊除了洪邪，已經沒有一個弟子，想來多半已是凶多吉少。

任天翔往前方望去，就見一道由數十面盾牌組成的盾牆，正緩緩向前在推進。每面盾牌皆不算大，大約只有四尺方圓，但經數十名摩門武士巧妙配合，便組成了一個半球形的堅固掩體，每面盾牌上有個小小的缺口，數十支長矛便從那缺口中探出來，就像是渾身帶刺的刺蝟在緩緩向前推進。一旦遇到進攻，盾牆便完全合攏，變成一個堅不可摧的堡壘。

顧心遠率褚剛和小川流雲還在輪番進攻，但面對數十面盾牌組成的移動堡壘，他們的進攻基本無效，只能儘量拖延對方前進的步伐。更令人無奈的是，在這座移動堡壘後方，還有無數手執盾牌的摩門武士緊隨其後，隨時準備替換下受傷的同伴。

「我行走江湖大半輩子，還從來沒有見過這麼不要臉的打法。」洪景恨恨罵道，「就跟他媽的烏龜一樣躲在殼中不出來，那些盾牌也不知是什麼材料做成，尋常刀劍根本無法摧毀。」

不僅洪景沒見過，就是在場所有人都沒有見過，這種傳自羅馬兵團的盾牌陣，還從來沒有在東方的戰場上出現過，它原本只是盾牌手戰場上保護重要將領的陣法，因移動緩慢，在寬闊的戰場上基本沒什麼攻擊力，但是在這狹窄的峽谷中，卻正好發揮出了奇效。它像一座堅不可摧的堡壘，向眾人緩緩逼迫過來，顯然是想將敵人擠到後方箭陣的射程之內，讓己方的箭陣發揮出最大的威力。

幸好先解決了後方的箭陣，暫時沒了後顧之憂，不然就真是腹背受敵，後果不堪設想。任天翔心中暗自慶幸，同時在觀察敵陣的弱點。

他感覺自己的目光與大腦一起飛速運轉起來，對手的每一個細微變化都清晰地落入他的眼眸中，並經大腦快速地判斷和分析，以找出最佳的解決辦法。

它一定有弱點！任天翔在心中為自己打氣，這世上絕沒有通吃天下的不敗戰法，沒有人可以以不變應萬變，就能天下無敵。

眼前緩緩逼近的移動堡壘，突然讓任天翔想到了一種攻城器械，與前方這移動的堡壘有幾分類似。就在昨晚司馬瑜默記墨子遺作時，任天翔無意間看到過這種攻城器的草圖，他記得破這種攻城器的辦法是用火或巨杵，這裏沒有火，不過可以用巨杵——任天翔的目光轉向峭壁上一棵大樹，那是這峽谷峭壁上零星長出的岩松。

他急忙向一個身高體壯，手執戰斧的墨士下令：「黑熊，去將那棵樹砍下來！」那墨士名叫熊奇，黑熊是他的綽號。聽到任天翔的命令，他先是一愣，但也沒有多問，立刻來到那棵樹下，正打量著那棵樹作難，就見一個兄弟已俯身蹲到他面前，拍拍自己肩頭：「熊哥，上！」

熊奇後退兩步，一腳踏上那兄弟的肩頭，借力一躍而起，手中戰斧凌空揮出，砍在那棵合抱粗的岩松上，跟著抓住斧柄一個倒翻，穩穩地落在樹幹上，然後拔出戰斧發力暴砍，不過三兩斧，那岩松便「喀嚓」一聲折斷，應聲落了下來。任天翔再示意黑熊，削去樹木枝葉，只留主幹。

黑熊一看就是伐木漢子出身，沉重的戰斧在他手中猶如繡花針般輕盈。就見他舞動戰斧橫削豎砍，片刻功夫就得到一根長逾三丈，粗若桅杆的巨大樹幹。

此時洪景等人已看懂了任天翔的意圖，爭先恐後上前抬起樹幹，只聽任天翔一聲令下，眾人便舉起樹幹向已經逼到近前的盾牌陣撞去。雖然盾牌後的武士舉起長矛想要阻攔，但奈何樹幹比長矛長出兩丈有餘，沒等他們刺中敵人，樹幹已重重撞在盾牌陣中央。

洪景等人俱是力大無窮的壯漢，這一撞之勢重逾萬斤，再堅固的盾牌也難以抵禦。就見巨大的樹幹幾乎毫無阻礙，徑直撞開數面盾牌，原本密不透風的陣式立刻土崩瓦解。

不等任天翔下令，兩個使劍的墨士已從撞開的縫隙中衝入盾牌後方，就聽一陣短促的慘叫聲響過，十幾名盾牌手已盡數倒地，十幾面盾牌跟著散落一地。

洪景見狀哈哈大笑：「痛快痛快！對付這種不要臉的龜縮式陣法，還真得用這種笨辦法才能對付！你小子還真他媽機靈。」

幾個人扛著幾百斤的樹幹作為武器，這要在戰場上自然是奇笨無比，不過用來對付移動緩慢的盾牌陣，卻正好收到了奇效，正應了孫子兵法上那句——兵無常勢，水無常形，能因敵變化而取勝者，謂之神。

任天翔當然不會認為自己是神，要說神的話，該是給了他啟發的墨子遺著。這更加堅定了他保護墨子遺作的決心，無論如何也不能讓這批奇書，落到邪惡之輩手裏。

「衝！」任天翔一聲令下，眾人立刻奮勇爭先，爭相衝向陣腳漸亂的對手。

讓人無可奈何的盾牌陣一旦告破，眾人壓抑已久的怒火終於得以爆發，其勢頓如摧枯拉朽一般。那些摩門武士原本跟墨士不在一個層次，全是靠著眾人從未見過的盾牌陣才占盡上風，如今盾牌陣告破，眾人士氣頓竭，再難抵擋洪景等人勢若奔雷的進攻，紛紛爭相後撤，最後在眾人的追擊下陣勢大亂，變成了徹底的潰敗。

任天翔跟在眾人身後往前衝去，卻突然發現少了姜振山熟悉的身影，他忙問緊跟在身邊的季如風：「姜伯怎麼不見了？是不是傷重不能行？咱們快回去找他。」

季如風攔住了他，黯然道：「姜兄弟悄悄留在了後面，他讓我轉告鉅子，他乃義門長老，理應擔負更多的責任。如今他傷重不能行，不能因他一人拖累大家，所以他要留下來為咱們阻擋追兵，望鉅子諒解他的抗命。」

「姜伯真是糊塗！」任天翔一跺腳就要轉身而回，季如風忙道：「你若返回，眾人必定不會先走，如此一來，必將貽誤戰機，讓咱們重新陷入腹背受敵的絕境，這豈不是辜負了姜兄弟一番心意，也讓他的犧牲變得毫無價值？」

任天翔望向後方默然半晌，最終只有無奈轉身道：「走！」

在離任天翔數十丈遠的前方，洪景一馬當先衝在最前面。先前他一直受摩門盾牌陣的壓制，加上門下弟子也大多死於摩門之手，令他早已憋了滿腔怒火。如今終於擊潰摩門，便不由大開殺戒，一旦追上任何一個摩門武士，便是一記重拳或奔雷一掌，打得對方骨斷筋裂，幾乎一招斃命。

正殺得痛快，就見方才還沒命奔逃的摩門武士突然慢了下來，即便被人追上擊斃也不再逃跑，甚至嗷叫著返身還擊，悍不畏死地與追兵拼命。

洪景連殺數人，正待繼續追擊，卻感到前方一種無形的威脅，像是無孔不入的寒氣悄然襲至，那種如坐針氈的感覺令他霍然一驚，不由自主停下了腳步。那是無數次生死搏殺沉澱下來的經驗，讓他意識到了來自前方的威脅。

洪景瞇起雙眼，一瞬間感覺周圍所有人——無論是同伴還是對手俱已消失，視線中就只剩下對面那個滿頭捲髮、眼窩深邃、身材瘦削高挑的蒙面男子。

那是一個色目人，灰褐色的眼眸似乎毫無生氣，充斥著一種類似死屍的顏色。那人還在數十丈之外，但在洪景眼中，卻如面對面一般清晰。

所有正在逃命的摩門武士，看到他後全都停下了腳步，跟著返身還擊，就如同變了個人一般奮不顧身。

洪景打倒兩個不自量力的摩門武士，然後一步步向那色目人走去，對方那種危險的氣息刺激了他的神經和鬥志，他感覺渾身熱血似奔湧不息，腳下不由越來越快，到最後，他的身形已變成一道虛影，直撲數十丈外那不知名的對手。

由於速度太快，無數來不及閃避的摩門武士被他紛紛撞開，幾乎沒看清對手就已經飛落數丈之外。

見洪景已近到不足十丈，那色目人身形微曲，突然發力，腳尖在地上一蹬，身體便如箭一般射了出去，三步之後，他的身形就變成了一道虛影，迎著洪景衝了過去。

這一瞬間，所有人都忘記了各自的對手，目瞪口呆地望向兩道飛速接近的虛影。

就見二人猶如兩顆流星轟然碰在一起，那色目人身形陡然停了下來，身形一晃隨即站穩。而洪景卻突然倒飛了出去，向後飛出近三丈，落地後又一連幾個翻滾，身體猶如不受控制的玩偶在地上滾出數丈，最後躺在近十丈之外，渾身鮮血淋漓，幾乎再找不到一片完好的肌膚。

「爹！」洪邪一聲驚呼，急忙撲上前。就見洪景衣衫大半被岩石劃破，露出多處皮開肉綻的肌膚，那是落地後在地上的擦傷，看起來雖然鮮血淋漓十分恐怖，卻並不致命，真正致命的傷痕在胸口，那裏明顯塌陷了一塊，現出一個深近一寸的拳窩。

所有人都靜了下來，目瞪口呆地望著倒地不起的洪景，他們方才只看到兩道虛影如流星般撞在一起，然後這個如雄獅般威猛的大漢，轉眼就落在十丈開外，再也不能站起。

落在後面的任天翔，剛好也看到了這一幕，頓感手足冰涼，後脊生寒，額上冷汗涔涔而下。

他並不是為洪景的遭遇難過，畢竟崑崙奴兄弟也是死在洪景手中，他是因為看清了洪景與那色目人快若閃電、勝負瞬息即分的對決，雖然洪景連番惡戰又負傷在先，實力已打折扣，但任天翔相信，就算洪景沒有受傷，結果恐怕也差不了多少。他還從來沒見過，有人能將身體的速度和力量發揮到如此極致的境地。

就在方才二人身形快速接近的瞬間，洪景率先出拳，但那色目人的拳卻後發先至，不等洪景完全發力，他的拳鋒已經搶先截住了洪景的拳路。

洪景倉促變招，改拳為掌，以掌接住了對方暴然而至的一拳。但拳掌相接時，才突然發覺對方拳鋒無力，竟然是一式虛招。對方竟將全身勁力蘊藏於另一隻手，此時雙方的身體已高速接近，洪景本能地一掌拍向對手胸膛，期望以攻敵必救之法彌補先前的失算，誰知對方全然不顧擊向自己要害的一掌，蘊滿渾身勁力的一拳後發先至，搶在洪景一掌擊實之前正中其胸膛，洪景頓時身不由己飛了出去，擊在對手胸口那一掌，也僅像是輕輕的一推，二人出手的速度差別微乎其微，但就這微乎其微的差距，結果卻是天差地別。

任天翔並不能看到二人發力的細微變化，但卻清晰地看到，這色目人在二人身體接近到撞上這微乎其微的瞬間，竟能先後發出兩拳，一拳被洪景接住，另一拳則擊中了洪景胸膛要害，其出拳之迅速準確，力量之充沛威猛，實乃平生僅見。

「爹！」洪邪淚如雨下，眼看父親命在旦夕，也只能束手無策。

洪景望著兒子淒然一笑，啞著嗓子道：

「答應我，別替我報仇，你永遠不是此人的對手。答應我……」

見洪邪勉強點了點頭，他這才放開兒子，目光在周圍眾人臉上搜尋。

任天翔見他垂危的目光望向了自己，忙俯身上前，低聲問：「洪幫主有什麼囑託？」

洪景一把握住任天翔的手，澀聲道：

「義安堂與洪勝幫爭鬥多年，想不到洪某最後竟要向你開口央求。看在咱們同宗同源的份上，幫洪勝幫度過難關，讓小邪繼承我洪門基業。」

任天翔點點頭：「洪幫主放心，洪邪是我妹夫，我會盡我所能幫他。」

洪景眼中閃過一絲寬慰，示意兒子道：「小邪你過來，趁我還有一口氣，我宣布洪勝幫從現在起歸入義門，與義安堂一起同為義門分支，接受任天翔為義門鉅子。」

見洪邪愣在當場，洪景掙扎道：「還不快拜見鉅子？」

洪邪忙向任天翔低頭一拜：「弟子洪邪，拜見鉅子！」

任天翔忙扶起洪邪，對洪景黯然道：「洪幫主放心去吧，洪勝幫從此與義安堂就是一家。洪勝幫的事就是我的事，我不會讓你洪門弟子受到任何委屈。」

洪景眼中閃過一絲寬慰，緩緩合上了眼眸，以微不可察的聲音喃喃道：「那就拜託了！」

眼看洪景再無聲息，洪邪不禁撲到他身上，放聲痛哭：「爹——」

「哭夠沒有？」前方突然響起一個譏誚的聲音，帶著明顯的異域腔調，「有時間在那兒痛哭流涕，不如拿起武器為你爹報仇。他也算是個罕見的對手，怎麼會有你這麼個沒用的兒子？」

洪邪突然拔劍而起，就要撲將上前，卻被任天琪一把抱住，嘶聲哭道：「邪哥不要，你要死了我怎麼辦？你根本就不是他的對手。」

「放開！」洪邪紅著眼狀若瘋狗，想要從任天琪懷中掙脫，誰知任天琪不顧一切地拼命抱住他，那種奮不顧身的瘋狂，完全不亞於洪邪復仇的欲望。

二人正在糾纏，就聽任天翔冷冷道：「讓他去！他老子屍骨未寒，正好看著他如何忤逆不孝，將他老子的話當成是放屁。」

洪邪愣了一愣，突然無力跪倒，對著洪景的屍體失聲痛哭。

任天翔見洪邪不再拼命，這才將目光轉向那依舊蒙著面的色目人。就見在他身後，還有四個依稀熟悉的身影垂手而立，雖然四人俱蒙著面，任天翔也能認出他們就是摩門五明使之四，看四人垂手肅立的模樣，便知這色目人的地位顯然比他們還高。

「如果我猜得不錯，閣下應是摩門東方大教長拂多誕座前兩位護法之一，」任天翔平靜地問，「不知是左護法還是右護法？」

那色目人怔了怔，微微頷首道：「都說義安堂少堂主，御前侍衛副總管任天翔小有聰明，看來傳言不虛。不錯，在下便是摩門左護法，波斯人薩爾科托。識相的留下墨子遺作，我讓你們平安離開。」

「大膽！」任天翔一聲斷喝，「既知我是御前侍衛副總管，堂堂朝廷四品命官，你竟敢出言威脅，莫非貴教不想再在大唐疆域內混了？」

薩爾科托微微一愣，恍然道：「差點忘了，你還是大唐皇帝身邊的紅人，要是在皇帝跟前告咱們一狀，咱們還真是有數之不盡的麻煩。」說到這，他語氣陡然一轉，「既然如此，我看你就別再回京了吧，你們祖師爺選的那個山谷風水挺好，你要埋在那裏也算死得其所。」

話音未落，就有一股凜冽之氣撲面而來，令任天翔突然有種置身冰窟的寒意。那是一種有如實質般的殺氣，唯有殺人無算的絕頂高手，才有這種用他人的生命練就的獨特氣場。就如同虎嘯之於獵物，許多時候僅憑這殺氣，就能令對手肝膽俱寒，從精神上屈服。

其他人也感應到薩爾科托對任天翔的威脅，不約而同擋在了他的身前。

誰知任天翔卻示意眾人讓開，然後對薩爾科托淡淡道：「摩門費盡心機，不惜犧牲無數弟子性命，無非就是為了這些墨家經典。如果我現在就將它們全部燒毀，不知你們會不會就此收手？」

任天翔說著點燃火絨，湊到懷中那些羊皮卷書前。就聽眾人齊齊失聲高呼：「不要！」

死劍

第八章

「死劍？這就是墨門死劍？」

任天翔腦海中重複著方才看到的驚人一幕，心中從未有過的震撼。

這哪裡是劍法，簡直就是一種瘋狂，是不是每一個墨士，

都抱有這種必死的信念？是什麼在支撐著這種信念？

任天翔抬眼望去，就見不光摩門中人神情緊張，就是義安堂眾人也都惶急萬分。他知道這些古卷承載著義門復興的希望，義門歷經千載，直到今天才因機緣巧合，實現了「破壁重圓，義門歸一」的目標，如今好不容易到手，若將它們燒毀，眾人如何能甘心？

所有人都在緊張地注視著任天翔手中的火絨，只有薩爾科托強自鎮定地笑道：「我不信你敢將人類共同的瑰寶付之一炬，你要真敢這樣做，我想不光是我摩門，只怕就連義安堂也決不會放過你。」

「是嗎？」任天翔臉上，又浮現了那種招牌式的無賴微笑，「我這人最是受不得威脅，越是威脅，我越是想要試試。」說著，從包袱中抽出一冊羊皮古卷，竟真的湊到火絨上點燃。為防水而浸滿了油脂的羊皮古卷，立刻就熊熊燃燒起來。

眾人盡皆變色，薩爾科托更是大為惶急，沒想到這小子竟真敢耍這種無賴，用珍貴無比的墨家遺作來要脅自己。他不禁聲色俱厲的喝道：「還不快住手？信不信我將你們全部趕盡殺絕！」

任天翔冷笑道：「等我燒完這些，咱們再痛痛快快打上一架，誰勝誰負還不一定呢！」

薩爾科托心神微動，正欲冒險出手強奪，就見幾名墨士手中的兵刃微動，悄然指向了自己的必經之路。雖然眾人只是稍稍動了下兵刃，但高手之間，一個眼神都能看出對方的實力，何況對方那種不約而同的細微舉動，立刻就讓薩爾科托感受到一種莫名的威脅。他心神一凜，意識到要想突破眾人的封鎖衝到任天翔面前，自己身上必定會多幾個窟窿。心中權衡再三，只得屈服道：「快停手，咱們一切都好商量！」

任天翔悠然笑道：「不是要將咱們趕盡殺絕嗎？現在又變成商量了？」

薩爾科托滿臉無奈地合十拜道：「任公子莫要意氣用事，你要如何才肯交出墨家古卷？條件你隨便提，只要咱們能做到，全都可以答應。」

任天翔淡淡笑道：「我的條件很簡單，就是讓我們帶著這些古卷離開。只要這些古卷還在我們手裏，你們就還有機會。不然真要讓我一把火燒個乾淨，大家一拍兩散，倒也痛快。」

見薩爾科托還在猶豫，任天翔淡淡道：「別以為我這是怕了你們，我只是不想有人再為這些古卷送命。墨子生平崇尚兼愛、非攻與和平，若知道後人為爭奪他的遺作而相互攻悍殺伐，已有無數人為他的遺作送命，他必定會非常懊悔留下這些遺作。既然如此，不如就由我來將它們統統燒毀，祖師爺在天有靈，也必定會贊同我的決定。」

見任天翔又抽出一卷古卷想要點燃，薩爾科托終於屈服，他生怕這些珍貴無匹的墨家瑰寶，就這樣毀在眼前這個不知天高地厚的無賴小子手裏。他急忙擺手道：「別再燒了，你們可以帶著所有墨家古卷離開，沒有人再會為它送命！」說著他轉過身，無可奈何地向摩門弟子下令，「讓路，讓他們走！」

他身後的五明使應聲往兩邊讓開，在他們身後，無數嚴陣以待的摩門武士也都紛紛往兩旁讓開。

就見前方峽谷盡頭已隱然在望，只要出得峽谷，外面便是廣袤的叢林和山巒，摩門要想再追上他們，那就千難萬難。只要借助叢林山巒的掩護抵達泰州，讓泰州知府派兵護送，摩門就再也奈何不了他們，除非摩門敢公然造反，向官兵發起進攻。若真如此，摩門必為朝廷嚴禁，反而得不償失。所以任天翔堅信，只要出得峽谷，大家就安全了。

回頭看看眾人，任天翔輕聲道：「帶上洪幫主的遺骸，咱們走！」

洪邪在眾人的幫助下，草草綁紮了個簡陋的擔架，與任天琪抬上洪景走在最前面。眾墨士將任天翔圍在中間，全神戒備地穿過摩門武士讓出的道路，緩緩走向前方已然在望的峽口。

見摩門武士果然沒再阻攔，任天翔繃緊的神經總算稍稍鬆弛了一點，方才他貌似輕鬆，心中實則異常緊張。要是薩爾科托不受威脅，難道真要燒毀所有墨家古卷？雖然這些古卷已經過司馬瑜默記了一遍，但誰能保證司馬瑜能全部記住？就算他能全部記住，要想讓他寫出來與自己分享，只怕也不會那麼容易，而且，他要是故意寫漏或寫錯一部分，自己也全然不知。所以方才任天翔才特意挑了一卷世上已有流傳的《墨經》，就算燒毀也不可惜，沒想到竟然收到了奇效。

眾人已走出摩門武士的包圍，峽口已然在望，所有人不由自主加快了步伐，就在即將走出峽口的時刻，突聽身後傳來薩爾科托得意洋洋的聲音：

「等等！」

任天翔回過頭，就見薩爾科托灰褐色的眼眸中，隱約閃爍著一絲按捺不住的喜色。見眾人全神戒備地盯著自己，薩爾科托悠然笑道：

「別誤會，我並不是要違背方才的諾言，我只是想提醒你們，這裏還有兩個活著的傢伙，不知你們有沒有興趣帶走？」

薩爾科托說著往旁讓開一步，就見兩個血肉模糊、幾乎看不清本來面目的人被拖了過來。二人渾身癱軟，似乎已經完全失去了知覺，不過從二人殘破的衣衫，任天翔還是一眼就認出來他們。

姜伯！任天翔感覺心在抽緊，人也如高空失足般一陣暈眩。姜伯與兩位留下來阻敵的墨士，終於沒能堅持到最後，兩人重傷被俘，另一個想必已是凶多吉少。

「他們是我見過最勇敢的戰士，以區區三人竟射殺了我二十九名摩門武士，擋住我近百名武士三輪強攻。」薩爾科托說著，緩緩拔出了背後那柄彎如弦月的波斯刀，他將閃爍著粼粼波光的刀鋒緩緩擱到姜振山脖子上，喟然嘆道，「只有這樣的勇士，才配死在我這柄『冰泉』之下。」

刀面瑩白如冰，卻又閃爍著粼粼波光，宛若一汨冰雪覆蓋的泉水，透出深入骨髓的寒意。就見刀鋒慢慢揚了起來，對準了下方那段血肉模糊的脖子……

「等等！」任天翔急忙斷聲喝道，「快放了他！」

刀停在半空，薩爾科托乜視著任天翔冷笑：「他殺我無數武士，你們江湖中人不是最講血債血償嗎？我為什麼要放了他？」

話音剛落，刀鋒急斬直下，在眾人的驚呼聲中，刀鋒穩穩停在了脖子上，卻並沒有再進。薩爾科托哈哈大笑，「這一刀只是瞄準，下一刀會不會劈落，我可不敢保證。」

任天翔方寸大亂，急忙喝問：「你要怎樣才肯放他？」

薩爾科托嘿嘿冷笑道：「你知道我想要什麼，這不明知故問？」

任天翔六神無主，無助地望向眾人，希望從別人那裏找到辦法，就見眾人皆黯然低頭，避開了他的目光。

他最後望向季如風，就見這個義門智者也無奈道：「你是鉅子，你無論做出什麼樣的決定，我們都決無異議。」

任天翔漸漸平靜下來，默默解下背上的包袱擱到地上，對薩爾科托無奈道：「你放了他倆，我將墨家古卷全部留給你們。」

薩爾科托眼中閃過得意的笑意，淡淡問：「你小子詭計多端，我憑什麼信你？」

任天翔示意大家退開幾步，然後指著地上的包袱道：「古卷就在這裏，你可以用他們來交換。」

薩爾科托向身後略一示意，大般與淨風立刻應聲而出，小心戒備地向任天翔走近。眾人的注意力便都落在二人身上，就在這時，原本臥倒在地，不知生死的姜振山，突然一把抓住了薩爾科托的彎刀，拼盡全力往自己胸膛插入，跟著聲嘶力竭地向任天翔大叫：「別管我，快走！走啊！」

幾乎同時，另一名重傷倒地的墨士也飛身而起，張開雙臂向薩爾科托撲去。薩爾科托刀被姜振山緊緊夾住，急忙抬腿踢開姜振山，跟著橫刀一掃，刀鋒猶如一彎弦月從那墨士項間掃過，一股熱血頓時激射而出，噴了他滿頭滿臉。

這一下變故突然，所有人都是一愣，就在這時，大般與淨風突然發力向任天翔飛奔，想要搶先奪得他面前的墨家古卷。

誰知二人剛衝到近前，就見一左一右分別刺過來一劍，剛好攔住二人的必經之路，二人連忙側身變招，就這一阻，褚剛與小川也已上前搶過墨家古卷擋在任天翔面前。

大般與淨風見先機已失，只得飛身後退，躲開了任俠和顧心遠的三柄快劍。雖然二人一擊即退，但能在眾墨士面前毫髮無損，來去自如，也令人暗自佩服，不敢再追。

「走啊！」姜振山傷上加傷，猶在拼盡最後一絲餘力高呼，跟著他突然軟倒，再無聲息。

任天翔忍不住想要上前，卻被季如風拉住了胳膊，就聽他啞著嗓子澀聲道：「莫讓姜兄弟死不瞑目！」

任天翔一連深吸了幾口長氣，強壓悲憤對眾人輕喝：「走！」

眾人剛轉身走出數步，就聽薩爾科托在身後不屑地冷笑：「以前曾聽說義安堂威名震天下，沒想到原來都是一群孬種。親眼看著我手刃兩個兄弟，卻也不敢出頭為兄弟報仇。

義安堂，我看以後改名叫烏龜堂算了，哈哈……」

雖然明知薩爾科托是在用激將法，但義安堂眾人還是不約而同地停了下來，他們皆以赤紅的眼眸望著任天翔，那意思再明顯不過。

任天翔咬著牙凝立半晌，不顧季如風微微搖頭暗示，解下背後的包袱，將所有墨家古卷擱到洪景的擔架上，對洪邪正色道：

「這古卷乃墨門遺寶，洪幫主已為它付出了生命的代價，現在我將它託付給你，你和天琪帶著它先走，去泰州城等我兩天，兩天內我沒有趕到，就請護送它們回長安，交給義安堂厲長老。」

說完，他轉向褚剛和小川流雲，「麻煩二位替我護送少幫主和天琪，拜託了！」

二人齊聲道：「公子不走，咱們怎麼能走？」

任天翔正色道：「這是義門與摩門的恩怨，與外人無涉，還請二位諒解。而且少幫主和天琪也需要人護送，拜託了！」

二人對望一眼，不再多言。褚剛上前抬起擔架，與洪邪一起率先而行。小川對任天翔一鞠躬，然後緊隨著依依不捨的任天琪，追在褚剛和洪邪身後大步而去。

任天翔向連連回頭的任天琪最後揮了揮手，然後回身盯著薩爾科托，以異常平靜的口吻一字一頓道：「今日若不殺你，咱們這些人寧願全部葬身於此！」

雖然任天翔手無縛雞之力，他身邊也僅剩下寥寥數人，而且大多有傷在身，但眾人那種凜然絕決的眼神，令薩爾科托心中第一次生出了一絲恐懼。

他以大笑將心底的恐懼掩飾起來，貌似隨意地笑道：「我對貴國古代墨家的武功一直心懷敬仰，很想有機會向墨家傳人討教。聽說義安堂就是源自墨家嫡傳，在下便以摩門左護法的身分，向義安堂高手討教。」

顯然薩爾科托已看出，義安堂眾人雖經連番惡戰，依然有著令人恐懼的實力。摩門人數雖眾，但面對幾個滿懷復仇之志的絕頂高手，依然毫無勝算，所以他想將戰鬥變成一對一的決鬥，他自信憑手中殺人過萬的「冰泉」，面對任何一個精疲力竭的義安堂對手，都將穩操勝券。

任天翔當然明白薩爾科托的意圖，他冷笑道：「現在咱們是要為姜伯和馬兄弟報仇，只要能殺你，咱們會無所不用其極。」

薩爾科托哈哈大笑道：「原來這就是傳說中的墨家弟子？竟然沒有人敢與我單挑，原來墨家武功也不過如此，我真後悔為你們墨家那些破爛，犧牲了那麼多摩門武士。」

「你可以羞辱我們，但你不能羞辱我墨家武功！」一個瘦弱矮小的中年男子，從任天翔身後緩步而出，就見他轉身對任天翔一拜，「請鉅子准許我顧心遠，單獨向殺害我義門兄弟的凶手挑戰。」

任天翔有點意外，他一向對這個沉默寡言的中年墨士沒什麼印象，也沒特別留意過他的武功，只知道他使一對長不及一尺的短劍，雙手連環使將開來，雖也極快，但卻也不及任俠的劍。任天翔自忖他未必有洪景強，洪景在薩爾科托面前，也僅一個照面就重傷而亡，這顧心遠憑什麼向薩爾科托挑戰？莫非是被憤怒沖昏了頭腦，失去了一個墨士必須的冷靜？

任天翔還在猶豫，就見顧心遠突然拜倒在地，決然道：「弟子顧心遠，懇請鉅子允許我向對手挑戰！」

他那瘦削滄桑的臉上，有種從未見過的驕傲和絕決，讓任天翔已到嘴邊的拒絕，又生生咽了回去。墨家弟子從無跪禮，如今他卻跪倒在任天翔面前，其出戰的決心和願望，由此可見一斑。

任天翔不忍拒絕，只能將目光轉向季如風，希望他能開口拿個主意，誰知這位一向以冷靜多智著稱的智者，此刻卻哆嗦著嘴唇微微頷首，竟是要任天翔點頭同意。

任天翔無奈，只得親手扶起顧心遠，低聲道：「他的速度、力量、技巧已臻完美，正面相博幾乎無懈可擊。也許兩肋是他唯一的薄弱點，顧兄若十招之內不能取勝，務必認輸後退。」

顧心遠微微點頭道：「多謝鉅子指點，弟子去了。」說著，對所與人躬身一拜，然後倒提雙劍，緩緩走向十多丈外的薩爾科托。

見有對手走向自己，薩爾科托眼中先是有些凝重，但漸漸就變成了不屑之色。在絕頂高手眼裏，對手的身形步伐、呼吸的節奏以及眼神的強弱，無不能窺探到他的實力。顧心遠雖然也算不弱，但比洪景卻還略有不如，加上又剛經過連番惡戰，薩爾科托自信十招之內，必能將他斬於刀下。

「『冰泉』之下，不死無名之輩，報上名來。」薩爾科托屈指輕彈刀刃，就見刀鋒上的血珠應聲而落，「冰泉」重新閃爍出粼粼的波光，寒氣逼人。

顧心遠沒有回答，而是來到倒斃於地的姜振山和另一個墨士面前，先對二人恭敬地拜了三拜，然後蘸起二人身上尚未冷卻的鮮血，仔細地抹到自己的額頭和臉頰上，最後低聲禱告：「兩位兄弟在天之靈，請助我誅殺此獠。」

說完，他長身而起，昂然面向薩爾科托，朗聲高呼：「墨士顧心遠，誓為同門討還血債！」

這一瞬間，他的整個氣質徹底變了，就如同真有鬼神附體，那種激越昂揚的熊熊戰意，令他渾身煥發出一種戰神般的光芒。薩爾科托暗自心驚，不明白何以轉瞬之間，對手身上竟會發生如此巨大的變化。他緩緩橫刀於胸，先取了個守勢，以便重新判斷對方的實力。

「殺──」顧心遠一聲低喝，突然屈身向對手撲去。

薩爾科托本能地滑步後撤，同時以「冰泉」平刺，直指顧心遠心臟。「冰泉」比對手的雙劍長出一大截，對手若想近身，必須先將胸膛送到「冰泉」之下。這是攻敵必救的妙招，只要阻他一阻，就可避其鋒芒，擊其暮歸。

薩爾科托腦海中已經在想像著後續的諸多變化，只等對手稍一減速，他的後招就將源源而出，轉守為攻。誰知對手不僅沒有減速，反而加速衝來，以胸膛迎上了「冰泉」。薩爾科托只感到握刀的手略略一緊，「冰泉」已準確地刺入了對手的心臟。

幾乎同時，顧心遠也衝到了薩爾科托面前，二人的臉幾乎碰在了一起。

薩爾科托大驚，想要拔刀變招，但「冰泉」卻被對手收緊的肋骨死死卡住，他趕忙曲肘橫擊，想要將對手身體震開，但雙肋突如其來的劇痛，頓令他渾身勁力轉眼消失，這一肘也變得輕飄飄毫無力道。

薩爾科托清晰地感覺到，兩柄冰涼的短劍已交叉刺入自己兩肋，從劍鋒上透出的寒意，轉眼便瀰漫全身，令人不由自主連連寒戰、簌簌發抖。

他目瞪口呆地望著幾乎與自己臉貼著臉的對手，啞然問：「這……這是什麼劍法？」

「這就是你看不起的墨家武功。」顧心遠眼中閃爍著莫名的驕傲，「它叫死劍！」

薩爾科托眼淚鼻涕交泗而下，心中感覺異常冤枉，他竟然被一個武功比自己低得多的對手所殺，只因為這對手出戰之時就抱定必死的信念，竟以身體為武器，用骨肉夾住自己的兵刃，然後貼身發出致命一擊，這世上竟然會有這樣的武功……薩爾科托意識漸漸模糊，人也緩緩軟倒在地。

「死劍？這就是墨門死劍？」任天翔腦海中不斷在重複著方才看到的驚人一幕，心中從未有過的震撼。這哪裡是劍法，簡直就是一種瘋狂，是不是每一個墨士，都抱有這種必死的信念？是什麼在支撐著這種信念？

「沒錯，這就是墨門死劍！」季如風眼中飽含熱淚，望著被同伴抬下戰場的顧心遠，只見他的胸口還插著那柄波斯刀，正隨著呼吸在微微顫動。

季如風不禁對任天翔哽咽道，「墨子祖師發現人在突然臨死之時，會爆發出生命中最大的潛能，於是創下這墨門死劍。由於其太過酷烈，祖師嚴令非墨士不能修習，非萬不得已不能使用。每一個使出這劍法的墨士，都是因對手太強，實在取勝無望，這才抱定必死之心，與敵人以命換命。」

任天翔怔怔落下淚來，跪倒在顧心遠面前，哽咽問：「顧兄，你、你這是何苦？」

顧心遠眼中滿含愧疚，勉力道：「是我害死了姜長老，害死了馬兄弟和武兄弟。我輕信了蕭堂主的話，在沿途留下暗記，原本以為蕭堂主會帶人接應咱們。誰知沒見到蕭堂主和義安堂兄弟，卻中了摩門的埋伏……」

眾人十分意外，沒想到出賣眾人行蹤的，居然會是顧心遠。就見他臉色漸漸灰敗，眼中漸漸泛起死亡的顏色，卻猶在深深自責：「出賣同門，害死兄弟，按墨門戒律理應剖腹謝罪。只是戰事激烈，顧某這條賤命還有點用處，所以顧某將罪責隱瞞了下來。如今總算是為同門報得大仇，顧某死而無憾……」

眾人這才明白，顧心遠為何一直衝鋒在前，原來他是要為自己贖罪。

任天翔不禁垂淚拜道：「顧兄無心之錯，何必要以命相殉？眾兄弟的死跟你沒任何關係，你不必再自責。」

顧心遠聽到這話，嘴邊漸漸泛起一絲寬慰的微笑，緩緩合上了雙眼。眾人圍著他肅然而立，不知是誰開頭，輕輕哼起了墨門祭拜同門的葬歌，眾人不禁輕聲附和，如訴如泣。

摩門五明使在左護法薩爾科托被殺後，自忖未有必勝的把握，而且墨家古卷已被人帶人，所以沒有再發起進攻，而是帶著薩爾科托的遺體悄悄離去。峽谷中只剩下溫煦的和風，明媚的朝陽，以及滿地的鮮血。

眾人將所有同門的屍骸找齊，包括無數戰死的洪勝幫弟子，一起安葬在一片向陽的高坡。面對十餘堆新壘的墳塋，任天翔不禁含淚自責道：

「都是我狂妄無知，在沒有充分準備的情況下，就貿然開啟墨陵，結果引來無數敵人，給同門造成了無法彌補的損失，我實在不是個合格的鉅子。」

季如風扶起淚流滿臉的任天翔，黯然嘆道：「你也不必太過自責，這是你成長道路上不得不付出的代價。」

「可是這代價實在太沉重，我怕自己再也擔負不起。」任天翔滿臉愧疚，第一次為自己的輕狂率性而後悔，甚至開始懷疑，自己是不是真有鉅子的才能？

季如風輕輕拍拍他的肩頭，柔聲道：「你不用太過自責，我們相信你。」

這充滿信任的聲音讓任天翔心中感到一絲暖意，他抬頭望向季如風，就見對方在微微頷首，再轉望倖存的八名墨士，就見眾人皆以信任的目光望著自己，不約而同地道：「我們信任你。」

有什麼比來自同伴的信任更寶貴？任天翔心中不再彷徨，他默默抹去淚水，抬首遙望遠方，輕聲道：「好！咱們去追天琪他們，希望他們沒有遇到什麼意外。」

就在顧心遠與薩爾科托激戰之時，洪邪與褚剛已抬著洪景出了峽谷，小川與任天琪則緊隨其後，隨時警惕著可能出現的埋伏，四人一路往西直奔泰州方向。只要趕到人煙稠密的城市，就不怕摩門再出手強奪。

四人轉過一個山坳，突聽前方傳來隱約的人聲，走在前面的小川忙示意隱蔽，而他已拔刀在手，做好了應付突發事變的準備。

就見前方叢林中走出幾個手執兵刃的黑衣漢子，領頭的是一個滿頭銀髮的花甲老者。洪邪一見之下，大喜過望，猶如見到親人般，從藏身處跳將出來，激動地哽咽道：「段長老，你、你們沒事？」

原來這銀髮老者不是別人，正是洪勝幫的智囊，綽號銀狐的段天舒。

雙方說起各自的情形，才知昨夜段天舒與洪邪各帶一路人馬，先在回龍谷外纏住墨門十三士，想為潛入回龍谷的洪景贏得時間，強奪墨家遺寶。誰知卻突然遭到薩滿教的毒蟲毒蛇襲擊，洪邪失手被擒，段天舒則被毒蛇毒蟲追得慌不擇路，在黑暗中完全迷失了方向，直到天明才發現早已遠離回龍谷，正準備回去找洪幫主，誰知剛好與洪邪迎頭碰上。待見到擔架中洪景的屍骸，段天舒不禁呆了一呆，「撲通」一聲跪倒在地，捶胸痛哭：「幫主，是我害了你！要不是我在山中迷路，你怎麼會因勢單力薄力戰而亡？」

洪邪趕忙扶起段天舒，垂淚道：「父親已經慘死，再哭也無益。此地不能久留，咱們得趕緊趕往泰州。」

段天舒立刻招呼兩個洪勝幫弟子，抬起洪景的屍骸往泰州方向速行，眾人則沿途護送，一路穿山越嶺。

正午時分，眾人已出得山區，就見前方泰州城已遙遙在望，眾人到這裏心情才稍稍放鬆，在官道旁的樹林中打尖休息。

洪邪等人從昨夜到現在還沒合過眼，更沒吃過一口湯水，早已又睏又乏，如今終於出得山區，免不了讓人買來酒菜，開懷暢飲。誰知幾杯酒下肚，眾人先後軟倒，眼睜睜看著段天舒將藏在洪景擔架上的墨家古卷，全部馱上了自己的坐騎。洪邪不禁憤然喝問：

「段天舒，你、你這是什麼意思？」

段天舒得意洋洋地調侃道：「我要拿走墨家古卷，難道少幫主你看不出來？」

洪邪氣得渾身哆嗦，只可惜喝了段天舒的藥酒，渾身癱軟難以動彈，只能高聲喝罵：

「好你個反賊，我爹爹屍骨未寒，你就敢公然背叛！」

「少幫主說話最好客氣一點，現在你的小命就在我手裏，你千萬莫要激怒了我。」段天舒說著，湊到洪邪跟前，「哦，忘了告訴你。我並沒有背叛洪幫主，因為我的真實身分是摩門長老。你可以罵我是奸細，但請不要說我是叛徒。」

見洪邪目瞪口呆難以置信，段天舒撩起衣衫露出胸前火焰形的紋身：「這是摩門長老才有的標誌，不是每個摩門弟子都有資格擁有。」說著，他望向洪景的屍骸，有些遺憾地嘆道，「洪幫主待我不薄，可惜我還沒來得及將他領入本門，他就已英年早逝。看在洪幫主的面上，我不為難你，希望下次再見咱們還是朋友。」

見官道上有人來往，段天舒不敢久留，匆匆對洪景的屍骸拜了一拜，然後翻身上馬，帶著所有墨門古卷，縱馬疾馳而去。

褚剛與小川原本也是老江湖，但怎麼也沒想到洪勝幫的人會暗算自己的少幫主，一時大意中了這等下三濫勾當，只能眼睜睜看著那一人一騎飄然遠去，轉眼消失在官道盡頭。

「什麼？所有墨家古卷俱已落入摩門之手？」

黃昏時分，當任天翔帶著眾人追上洪邪，才得知歷盡千辛萬苦、犧牲了無數人性命的墨家古卷，竟被段天舒輕易就拿走，他不禁氣得滿臉煞白，手足冰涼。

任天琪見狀，不由小聲勸道：「哥你別怪洪邪，他爹爹剛剛過世，他心中悲慟，難免心神恍惚，才著了段天舒那老賊的道。你要怪就怪我吧，我也有責任。」

看看褚剛與小川兩個老江湖也著了道，任天翔倒也不好再責怪洪邪，只能無奈苦笑道：「也許這是冥冥中的天意吧，想咱們費勁如許心機，犧牲如此多的兄弟，最終竟然是為人作嫁，實在令人感慨世事無常。要怪就只能怪我盲目衝動，貿然開啟墨子墓，結果卻落得如此下場。」

「我去將它追回來！」小川流雲一咬牙，轉身就要出門。

任天翔忙阻攔道：「段天舒已經走了大半天，人海茫茫到哪裡去找？而且以摩門的實力，就算找到又如何？難道再賠上幾條性命搶回來？墨家古卷再寶貴，又怎及得上你們的性命？我寧願不要墨家古卷，也不想再失去你們中任何一個。」

小川默默低下頭，不敢面對任天翔。他怕對方發現自己眼中滿盈的淚花，男人流淚是很丟臉的事情，可他偏偏感覺鼻子發酸，恨不能內疚地痛哭一場。他知道墨家古卷對義門的重要，但它卻偏偏在自己手中丟失，這如何向死難的義門中人交代？

見小川滿臉愧疚，任天翔寬慰地拍拍他的肩頭，笑道：「別難過，咱們好歹堅持到了最後，哪像司馬瑜那小子，早早就被淘汰出局。這小子一向算無遺策，不知這回怎麼漏算了摩門這麼大個對手。」

說到這，任天翔突然愣在當場，他說這話原本是想提醒小川，司馬瑜已經記下了墨家古卷，實在不行還可以向他要。只因為季如風等人在身旁，而他們還不知道自己與司馬瑜的特殊關係，所以任天翔才故意這樣說。但是話一出口，任天翔就突然意識到，這中間似乎有什麼不對，卻怎麼也想不通究竟是哪裡不對。

皺眉瞑目凝思半晌，任天翔心中那種疑惑漸漸清晰起來，他還從來沒見過心思慎密、算無遺策的司馬瑜，會錯得如此離譜，竟然不知道摩門這個對手的存在，最終讓墨家古卷落入了摩門之手！司馬瑜也許會犯錯，但決不會犯如此低級的錯誤。

這中間一定出了什麼問題，被自己大意忽視。以司馬瑜的為人，就算肯與自己分享墨家古卷，也絕不會冒著被他人搶走的危險！除非……

任天翔心中漸漸亮堂起來，隱隱猜到了關鍵所在。他突然轉向褚剛道：「拜託褚兄護送洪幫主的遺體，與我妹妹和妹夫先回長安。」

褚剛有些意外：「你不與咱們一起回長安？」

任天翔點點頭：「我還有一個謎團沒有解開，我要親自去證實！」

見眾人都疑惑地望著自己，任天翔若無其事地道：「咱們現在抓緊時間休息，今天夜裏趕回回龍谷，也許我們會有意外之喜！」

月色如銀，將回龍谷照得如同白晝。昨晚的一場大火，幾乎燒光了谷中所有樹木荒草，令整個山谷一覽無餘。任天翔與季如風等人，悄然伏在離墨陵入口十餘丈遠的隱蔽處，悄然無聲地默默等待。

墨陵入口那個岩洞，黑黝黝毫無聲息，想來摩門弟子已經搬空了墨陵中的珠寶玉器，以及各種上古禮器，所以將之徹底廢棄。

天快亮時，山谷外隱約飄來一盞昏黃幽暗的氣死風燈，緊隨那盞孤燈傳過來的，還有偶爾一兩聲虛弱的咳嗽。

燈光漸漸來到山谷中，眾人這才看清，燈光下是兩個健步如飛的漢子，抬著一乘鋪著虎皮的軟椅，一個人懶懶地躺在軟椅中，不時發出一兩聲虛弱的咳嗽。那盞昏黃的風燈則挑在軟椅之上，剛好能照亮腳下的路。

一個腳步輕若狸貓的少年，悄然走在軟椅的前方，他脖子上繫著的紅巾，即使在黑夜中也十分顯眼。

幾個人來到岩洞前，那少年回過頭低聲道：「公子，到了。」
軟椅中的男子唔了一聲，邊咳邊喘道：「扶我起來。」
少年猶豫了一下，柔聲道：「公子傷重，交給我來辦吧。」
軟椅中的男子擺擺手：「我也未必能找到真正的入口，何況是你？扶我起來。」
少年忙扶起那男子，然後示意兩個轎夫提燈走在前面，幾個人漸漸進入山洞深處，燈光也慢慢消失在山洞盡頭，天地間又恢復了原來的幽暗和寧靜。
隱藏在岩洞外的幾個人面面相覷，齊聲輕呼：「是馬師爺！」
任天翔兩眼熠熠閃光，嘴邊泛起意味深長的微笑，對眾人輕輕一揮手：「現在，咱們過去等他們，將真正的墨家古卷給咱們送到手中來。」
幾個墨士立刻悄然潛行過去，先將留在洞口守望的一個轎夫悄然打倒，然後各自佔據有利地形，屏息守在那塊青石墓碑的入口。
足足等了半個多時辰，終於看到墓碑往旁移開，辛乙提著燈籠率先出來。不等他站穩，幾柄刀劍已從黑暗中襲來。
辛乙心知有異急忙拔刀，誰知刀剛出鞘一半，就感到脖子上一絲冰涼，一柄長劍已穩穩停在他脖子上，從長劍紋絲不動的穩定，辛乙立刻就知道，這是一個極其可怕的劍手。

「別動！」任俠的劍鋒準確地抵在辛乙脖子右側，那裏正是血管所在，只需輕輕一劃就必死無疑。辛乙慢慢放開刀柄，舉起手示意自己不會冒險。

緊隨辛乙而出的，正是由另一個轎夫攙扶的司馬瑜，見到好整以暇、面帶微笑的任天翔，他似乎沒太驚訝，只輕輕一聲嘆息：「大意了！」

任天翔從他手中接過一個包得嚴嚴實實的包袱，匆匆拆開一角，果然是十幾卷包紮嚴密的羊皮古卷。任天翔按捺不住心中的狂喜，對司馬瑜點點頭：「多謝！你的傷不要緊吧？」

司馬瑜輕輕咳了兩聲，揉著胸口道：「傷了肺臟，得好好養上一段時間了。」

任天翔關切地道：「我讓人送你出山吧，山裏夜寒露重，對傷勢不好。」

司馬瑜擺擺手：「不用，我有轎夫。」

幾個墨士見二人既像兄弟，又像朋友，倒有些摸不著頭腦。就見司馬瑜在一個轎夫攙扶下重新躺回暖椅，這才淡淡問：「你是如何知道的？」

天意

第九章

目送著那盞照路的孤燈漸漸消失在山谷外，

任天翔忍不住哈哈大笑：

「這小子一向算無遺策，沒想到這回卻莫名其妙就栽在本公子手裏，

這一定是冥冥中的天意，是祖師爺在天之靈在保佑著咱們。」

任天翔不好意思地笑道：「其實這只能怪你太聰明，聰明到令我無法相信你在這場墨子遺寶的爭奪戰中，早早就被淘汰出局。所以我開始琢磨這中間必定出了什麼差錯，要麼是你犯錯，要麼就是我。我有自知之明，知道自己犯錯的可能比你要大得多，所以我就從這上面去回想每一個細節，於是就發現了疑點。」

司馬瑜搖頭輕嘆道：「看來人太聰明也不是什麼好事，沒想到你竟是從這點發現了墨子墓的奧秘。」

「沒錯！」任天翔點頭笑道，「墨子生前雖然最是敬奉鬼神，但卻一直提倡簡葬、節用，與『不語怪力亂神』，卻偏偏講究厚葬、祭祀的儒家先聖孔子形成鮮明的對比。而且墨子生前布衣陋食，很少有奢侈享受，更別說什麼金玉禮器。但是這處墨子墓卻有大量金銀珠寶和精美禮器，如果這是墨家弟子所建，那簡直是對墨子的背叛和侮辱，除非是另外一種情況。」

見眾人都似有所悟地望著自己，任天翔悠然道：「那就是它並非真正的墨陵，而只是掩飾真墨陵的假墓。」

此言一出，眾人盡皆恍然，季如風手拈髯鬚頷首道：「墓中墓？」

任天翔點頭笑道：「沒錯，雖然墨子的遺體已經燒成灰燼灑遍整個泰山，但他留下的著作，在墨家弟子眼裏依舊是神聖不可褻瀆的聖物，絕不能讓它們落到盜墓者手裏。所以他們在埋藏聖物的地點，建造了一座有金銀珠寶和精美禮器的假墓，以騙過盜墓者，他們甚至還偽造了墨子的著作。這些著作，我想跟真正的墨子著作差別應該不大，只在最關鍵的地方留有不太明顯的區別。當真正的墨家弟子拿到這些假作，遲早會發現它與墨家傳承相悖，並由此想到墓中藏墓這機關，最終找到真正的墨家古卷。而對墨家傳承一無所知或知之不詳的外人，自然不會想到那些用香料嚴密保護的羊皮古卷，竟然會是偽作。」

眾人終於恍然大悟，不等任天翔吩咐，便有兩個墨士打開墓碑進入墓中，沒多久便回來稟報：「在最深那個岩洞的下方，果然還有一處人工修築的暗室，若非機關已經破壞，還真不容易發現。不過現在它已經空了，裏面沒留下任何東西。」

任天翔望向司馬瑜，好奇道：「我雖然讀過不少墨家典籍，但也是在事後才無意間從那些珠寶禮器上，想到這可能是個掩飾真墓的假墓。不知你是如何得知那是座假墓？並且知道那些羊皮古卷俱是偽作？」

司馬瑜看了看周圍同樣充滿好奇的墨門眾人，突然笑道：「這個問題你若有興趣，咱們以後有機會再探討。現在我得回去了，我這傷需要休息。」

說著他招招手，示意辛乙上路。

辛乙忙對兩個轎夫一揮手，二人猶猶豫豫上前抬起軟椅要走，突見一個身材魁梧、手執戰斧的黑臉大漢閃身攔住去路，聲如洪鐘地喝道：「不交代清楚就想走？莫非視咱們這些人如無物？」

辛乙正欲拔刀戒備，卻被司馬瑜按住了胳膊，就見他對那黑大漢淡淡問道：「墨家古卷我已全部留下，莫非你還想留下咱們的性命？」

那黑大漢一怔，喝道：「那你得說清楚，你是怎麼知道這墓中藏墓的事？」

司馬瑜淡淡問：「如果我不說，你是不是就要一斧劈了我？或者對我嚴刑逼供？如果是這樣，這世上早就沒什麼墨家弟子了。」

黑大漢愣在當場，不知如何是好。就聽季如風沉聲道：「黑熊，讓他走，他早就吃定了咱們這些人不能拿他怎樣。」

眾人對望了一眼，最終還是心有不甘地讓開一條路。他們是墨家弟子，不是恃強凌弱之輩，既然司馬瑜已經留下了所有古卷，他們也就沒有再留難的理由。

目送著那盞照路的孤燈漸漸消失在山谷外，任天翔忍不住哈哈大笑：「這小子一向算無遺策，沒想到這回卻莫名其妙就栽在本公子手裏，這一定是冥冥中的天意，是祖師爺在天之靈在保佑著咱們。」

眾人也都轉怒為喜，紛紛對著墓碑大禮拜謝。唯有季如風望著司馬瑜消失的方向，若有所思地自語：「我還從來沒有見過任何一個人，敗也敗得如此從容瀟灑，心神不亂。」

任天翔不以為然道：「敗就是敗，敗得再有風度也於事無補。」

季如風望著任天翔淡淡道：「一個人在大勝或大敗之時，最容易興奮或沮喪，難免得意忘形或垂頭喪氣，唯有真正心靜如水的智梟，才能做到視勝敗得失如浮雲。這看起來好像很簡單，但真正要做到心智不受任何外界因素的干擾，這樣的人，今天之前我還從來沒有見過。」

任天翔連忙收起得色，不好意思地吐吐舌頭：「季長老教訓的是，看來我還有很多東西要學呢。」說著，他拍拍懷中的包袱，「不過，幸好祖師爺的遺作最終還是落到了咱們手中，咱們現在趕緊回長安，再慢慢學習研究不遲。」

昏黃的燈籠在黑暗中緩緩移動，漸漸出得山谷，司馬瑜舒服地躺在暖椅中，似乎並不為方才的失算懊惱或難過。

辛乙見他若無其事地在閉目養神，忍不住問：「眼看那些墨家古卷已經到手，誰知卻被那姓任的小子橫刀奪愛，公子難道一點也不難受？」

司馬瑜閉著眼淡淡道：「如果難受可以改變結果，那我倒要好好大哭一場。可惜任何不良的情緒除了讓自己心情變糟，根本於事無補，既然如此，咱們何不將失敗的心情丟開一旁，調整心態坦然面對呢？」說到這，司馬瑜略頓了頓，緩緩睜開雙眼，「再說咱們這次，也並非就一無所獲。」

見辛乙不解，司馬瑜便從袖中拿出一個小巧的檀木盒，微微笑道：「先前在那新發現的暗室中，除了那些羊皮古卷，我還發現了這個，就順手塞入了袖中。方才任天翔只要那些羊皮古卷，我也就沒必要將它也拿出來。」

辛乙接過盒子，就見它不過三寸多長，一寸多寬，如此小巧藏在袖中還真不易發現。小心翼翼地打開盒子，只見盒內是兩顆墨玉做成的珠子，比鴿子蛋略大，中間有個小孔。

辛乙小心翼翼拿將出來，翻來覆去看了半天，實在沒看明白這兩顆珠子有什麼稀奇，便問：「這是什麼？」

「我也從未見過。」司馬瑜兩眼熠熠閃光，目視虛空肅然自語道，「不過我想，既然它是跟墨子遺作放在一起，就必定非常重要。我遲早會找出它的奧秘，我相信它的價值當不在那些墨家古卷之下！」

「公子，東都就要到了！」

聽到車窗外任俠欣喜的歡呼，任天翔豁然從沉迷中驚覺。撩開窗簾往外望去，就見前方官道盡頭，一座依稀熟悉的城郭漸漸露出了它巍峨的身影，雖然不及長安城浩大宏偉，但古樸雄奇卻更勝一籌，不愧是與西京長安齊名的大唐東都。

任天翔如釋重負地舒了口氣，依依不捨地將手中的羊皮古卷仔細包裹起來。

從泰州到洛陽這十多天時間，他一直在車中仔細研究這些古卷，只可惜古卷上都是先秦時的鐘鼎文，筆劃繁雜扭曲，讓人猶看天書。雖然他已經將十多卷古卷反覆研讀了不下十遍，但依然有一多半的字不認識，對其中的意思更是一知半解。

不過就算是這樣，他依然為墨子留下的著作感到震驚，他發現這些古卷中不僅記載有墨家的主要思想和學說，還有多種武功和兵法，甚至還有各種守城器具的製造詳圖。讓任天翔最為意外的是，其中甚至有一部專寫各種進攻方法的《九攻》。

世人只知墨子善守，卻不知他對進攻也有專門的研究，只因為墨家崇尚非攻，所以墨子才將進攻作為防守的最後手段，因此這些專門研究進攻的著作並沒有流傳下來。

除了這些著作，還有記載墨子各種製造和研究的心得，既有實例又有感悟，只可惜其中內容深奧晦澀，令任天翔完全看不懂。他不禁對墨子的淵博完全折服，想不通這上千年前的墨家祖師，為何有著如此超凡入聖的智慧。

借著御前侍衛副總管的身分，任天翔特令泰州知府派遣兵將一路護送。雖然這些兵將武功在義安堂眾人面前根本不值一提，但他們代表著官家的身分和權威，因此這一路上眾人基本沒有遇到任何麻煩，摩門中人也沒有再出現，不知是不是因為左護法薩爾科托的死，對他們也是個不小的打擊。

從洛陽一路往西直到長安，俱是人煙繁茂的中原腹地，也不怕摩門再敢興風作浪，所以任天翔將護送的官兵打發回去，這才與眾人以普通人的身分悄悄入城。

他知道如果以御前侍衛副總管的身分在洛陽出現，免不了會有官面上的應酬交際，定會耽誤行程。他現在只想儘快趕回長安，好好找摩門算算總賬。他記得摩門在長安的首座大雲光明寺，在開寺之初就發生過離奇慘案，正好讓刑部和大理寺的兄弟仔細去查一查，雖然未必能讓大雲光明寺就此關門，但至少找找他們的麻煩，也可聊解心頭之恨！

洛陽是任天翔的福地，他不僅在這裏結識了景德鎮來的陶玉，而且還成為名瓷陶玉最大的東家，除此之外，他還結識了李白、杜甫、孟浩然等風流文人，更結交了岐王、元丹丘、商門鄭淵等實力派人士，還有他努力想要忘記，卻怎麼也忘不了的那個舞中精靈。

依人，你究竟去了哪裡？任天翔望著窗外熟悉的景色，不由想起了曾經在洛陽的點點滴滴。正好馬車從離夢香樓不遠的街頭經過，他忙道：「等等！」

眾人停了下來，都有些不解地望著他。任天翔恍然醒悟，想起自己現在身分不同，不好再去夢香樓那樣的地方。在半條街外駐足半晌，見夢香樓似乎熱鬧喧囂一如往昔，他這才對趕車的任俠擺手道：「去景德陶莊。」

夢香樓可以不去，但景德陶莊卻一定要去看看，自從任天翔上次離開洛陽，他已經很久沒有關心過景德陶莊的生意，尤其小澤已經好多日子沒見，也不知道又長高了多少？祁山五虎是否已脫去匪氣，適應了城市的生活？

馬車再次在街邊停了下來，任天翔探頭一看，景德陶莊就在眼前。他正待下車，卻又突然愣在當場。原本正該開門營業的陶莊，此刻卻是窗門緊閉，不見半個人影，門上貼著大大的封條，看印鑒竟是被洛陽府尹所封。

莫非是商門這個競爭對手幹的好事？任天翔心中嘀咕，略一沉吟，忙對任俠吩咐：「去洪勝幫總舵，洪邪他們早咱們一步走，想必已經回了洛陽。」

洛陽是洪勝幫總舵所在，洪邪要為父親搭靈堂做法事，應該就在洪勝幫總舵。誰知眾人來到離洪勝幫總舵半條街之外，卻發現門前車馬寥落，人煙冷清，全然沒有祭奠洪景的熱鬧景象，也沒有掛起祭奠用的白幡和燈籠。

任天翔心知有異，跳下馬車想要上前向洪勝幫弟子打探，誰知剛走出兩步，就見斜刺裏跌跌撞撞走過來一個潦倒的醉漢，剛好往自己懷中跌倒。任天翔連忙伸手扶住他，正待將他推開一旁，卻聽他在低聲嘟囔：「你小子，居然還敢在這裏出現？」

任天翔仔細一看，醉漢雖然鬍鬚凌亂滿臉污穢，但模樣卻再熟悉不過，他不禁一聲輕呼：「是太白兄？你……你怎麼會在這裏？」

原來這醉漢不是別人，竟是名揚天下的詩仙李白。天下人皆知李白詩文豪放張狂，卻不知他為人更加放浪形骸，不拘任何禮數，昨日還是王侯府中風度翩翩的貴客，今日就可能是跟乞丐吆五喝六混在一起的醉漢。所以任天翔對他的潦倒落拓倒是不怎麼奇怪，只奇怪怎麼這麼巧在這裏遇上。

李白沒有理會任天翔的驚訝，拉起他就走：「走，請我喝酒，酒蟲撓心，再不喝我會瘋的。」

任天翔無奈，只得隨他一路前行，任俠等人見狀，便遠遠跟在後面。

就見二人來到一家裝修奢華的酒店，李白進門後就對酒保吩咐：「將你們最好的酒先上兩罈，今天他付賬。」

「李大詩人又找到付賬的冤大頭了？」酒保開著玩笑將二人領到一個角落，聽他這口氣，顯然李白是這家酒樓的常客，不過卻是不怎麼受歡迎的常客。

李白也聽出了他言語中的譏諷之意，不禁怪眼一翻：「怎麼這麼說話呢？要不是你這破酒樓有洛陽最好的女兒紅，就是八抬大轎請我，我也懶得來你這唯利是圖的洛陽鄭家開的酒樓。」

「洛陽鄭家？」任天翔奇道，「莫非就是商門鄭家開的酒樓？」

「可不是！」酒保隱然有種高人一等的自豪，「咱們大公子正在裡間宴請賓朋，貴客要不要進去拜望一下？」

「鄭淵在裏面雅廳？」任天翔又驚又喜，忙對酒保道，「那你速速去告訴大公子一聲，就說一位姓任的朋友向他問好。」

酒保將任天翔上下一打量，見他雖然風塵僕僕其貌不揚，但眉宇間那種頤指氣使的氣派，卻不是普通人應該有的氣質。酒保也是見多識廣之輩，不敢怠慢，連忙進去通報。

沒多會兒，就見鄭淵急匆匆出來，來不及與任天翔見禮，拉起他就進了一間沒人的雅間，這才小聲問：「你小子好大膽，竟然還敢在這裏來喝酒？」

「怎麼了？」任天翔奇道，「出了什麼事？」

「你真不知道？」鄭淵盯著任天翔問，見任天翔一副茫然，他這才小聲道，「現在官府正滿世界在找你，朝廷的令諭已經送到洛陽，你的景德陶莊也已經被查封。只要你一露面，就將被立刻押解進京。」

「抓我？為什麼？」任天翔越發奇怪。

鄭淵嘆了口氣，低聲道：「具體我也不是很清楚，只知道安西節度使高仙芝因恒羅斯大敗，雖竭力掩飾，依然為朝廷所覺，因而被朝廷撤了節度使回京任金吾大將軍。他在聖上面前參了你一本，說你與石國太子私交甚篤，為了私利出賣軍情，致使安西軍大敗。」

任天翔強笑道：「這是幾年前的事了，再說高仙芝也沒證據，朝廷總不能聽他一面之詞就處罰我吧？」

鄭淵嘆道：「如果僅僅是高仙芝也許還沒這麼嚴重，但是聽說現在楊國忠也在向聖上進言，說你私通石國叛將突力，並仗侍御前侍衛副總管的身分在京中作威作福。除此之外，你還親自送走了安祿山，而現在前方有消息傳來，說安祿山正招兵買馬，已顯露反相，而你就是其內應，所以朝廷下令查封你所有的產業，並嚴令地方官吏將你立刻遞解進京。」

任天翔面色大變，沒想到問題會如此嚴重。他呆呆地愣了半晌，這才對鄭淵抱拳道：「多謝鄭兄實言相告，不然我早已糊裏糊塗被押解進京。」

他頓了頓，忍不住問，「我妹妹和妹夫先我一步回來，不知鄭兄有沒有他們的消息？還有我景德陶莊的人呢？他們有沒有事？」

鄭淵嘆道：「他們前幾日已經被押解進京，聖上親自交代下來的事，誰敢怠慢？所有與你有關係的人，全都要押到京中受審。現在朝廷已經派人到處在找你，你竟然還敢公開露面？」

任天翔心情越發沉重，他知道唯有涉及謀反或叛亂等十惡不赦的罪行，朝廷才會大肆株連，而自己不僅涉及通敵叛國，還涉及可能的叛亂，這兩條罪任意沾上一條，都是必死無疑。而且現在安祿山已經離開長安，自己這個國舅的使命也已經完成，在皇上眼裏顯然已經毫無價值，就算沒有這些罪名，一個既無背景又無才幹的弄臣，遲早也不會有好下場。

想通這點，他心中稍稍好受了一點，不由對鄭淵勉強笑道：「多謝鄭兄實言相告，不然我稀里糊塗進了大牢也還不知原因。」

鄭淵擺手道：「你我兄弟，不必客氣，你接下來有什麼打算？」

任天翔想了想道：「我要立刻進京，不能讓別人為我白白送命。」

鄭淵點點頭：「兄弟有用得著的地方，請儘管開口，我會盡力為兄弟提供幫助。」

二人正在客氣，就見廳門被人撞開，李白醉醺醺地提著酒壺進來道：「我一壺酒已經喝了大半，你們還沒有說完？兩個大男人哪有那麼多話？是不是不想陪老李喝酒啊？」

任天翔對李白陪笑道：「李兄見諒，我今天恐怕沒時間陪你喝了。我有急事得立刻趕回長安，不過李兄放心，我給你留一個月酒錢在櫃檯上，你以後可以天天來喝。」

匆匆離開酒樓，任天翔登上馬車立刻吩咐：「走！去長安！」

季如風見他神情有異，忙問：「是不是有事發生？」

任天翔點點頭：「咱們路上再說。」

一行人馬不停蹄出了洛陽直奔長安，途中任天翔將發生的變故簡單地向季如風說了。季如風聞言面色微變，忙問：「你可有應對之策？」

任天翔微微搖頭：「暫時還沒有。」

季如風聞言急道：「那咱們這樣急匆匆趕往長安，豈不是自投羅網？」

任天翔苦笑道：「所以我才與季叔商量，希望你能想到個萬全之策。」

季如風沉默良久，搖頭嘆道：「江湖上的事也許我還能幫你拿個主意，涉及朝廷的事，季某也是一知半解，實在不敢胡亂開口。不過我覺得你無論如何不能回長安，現在不光高仙芝，就連楊國忠都想要你的命，朝中只怕沒有誰還能幫得到你。」

任天翔黯然嘆道：「要是我不回長安，那天琪怎麼辦？還有小澤，祁山五虎，洪邪等等所有與我關係密切的朋友，難道我能讓他們為我頂罪？」

季如風無言以對，一時一籌莫展。

任天翔將目光轉向窗外，見遠方地平線盡頭顯出一座熟悉的山巒，他神情微動，遙手一指：「咱們先去王屋山。」

「去王屋山幹什麼？」季如風有些莫名其妙。

任天翔意味深長地笑了笑：「聽說王屋山中有神仙，咱們去拜拜神靈，求求菩薩，也許會得到神靈的幫助。」

見季如風有些將信將疑，任天翔正色道，「祖師爺最敬鬼神，你不會懷疑鬼神的作用吧？」

季如風不好再說什麼，只得懷著滿腹狐疑，示意眾人趕往王屋山。

眾人快馬加鞭，黃昏時分便來到山下，任天翔讓所有人都留在山下宿營等候，僅帶小川流雲隨自己上山。他先來到後山的白雲庵，自從上次讓褚剛送了兩個姑子過來照顧母親後，他就因諸事繁忙再沒來過，他不知道這次回了長安，以後還有沒有機會再來探望母親。

上前敲響庵門，少時就見一個姑子開門相詢：「公子何事？」

任天翔忙道：「我是你們靜閒師太的家人，今日路過王屋山，特來拜望。」

那姑子滿是遺憾地道：「靜閒師太外出雲遊，並不在庵中。」

任天翔有些意外，忙問：「小師太可知她去了哪裡？」

那姑子搖搖頭：「師父只說要是有人來找她，就說她既已出家，就跟塵世再無干係，望不要再來打攪她的清修。」

任天翔聞言心中微痛，不禁怔怔地落下淚來，在心中暗嘆：娘，你出了家就連孩兒也不要了麼？

滿懷失落的心情離開白雲庵，任天翔又來到前山陽臺觀。

他在這裏住過三個多月，守門的道童早已認識，開門見他來求見觀主，便笑道：「任公子來得不巧，觀主外出雲遊未歸，只怕要讓公子失望了。」

任天翔忙問道：「道兄可知觀主去了哪裡？」

小道童遺憾地搖頭道：「觀主在嵩山、泰山、終南山等處皆有道觀，每年皆不定期在各處道觀巡視講學，弟子實在不知觀主會在哪裡。」

任天翔想了想，無奈道：「那我在藏經閣中查閱一下古籍資料，可否？」

小道童笑道：「這倒是沒問題，觀主早就說過，只要是任公子前來借書或讀書，咱們一律為你提供方便。」

二人隨著小道童來到藏經閣，小川流雲正待隨任天翔進門，卻被小道童攔住道：「師父雖說任公子可以自由進出藏經閣，卻沒有說也可以帶人進去，所以還請這位施主留步。」

任天翔無奈，只得將小川留在門外，然後拿出一錠銀子塞入小道童手中道：「我可能要在這裏滯留幾日，飲食起居恐怕還得麻煩道兄照顧。」

小道童也沒有推辭，將銀子收入袖中點頭笑道：「公子儘管安心讀書，我保證決不會有人來打攪你。」

送走小道童後，任天翔仔細關上房門，將裝有墨家古卷的包袱擱到書桌上，然後在藏經閣中尋找有關鐘鼎文的資料。

藏經閣中的書籍果然非常齊全，沒多會兒他就找到了兩本專門研究鐘鼎文的古籍。他對照著古籍上的文字，開始逐字翻譯墨家古卷上的鐘鼎文，並將譯文用小楷記載下來，這樣便可得到翻譯後的墨家古卷。

由於找到了合適的工具書，那些鐘鼎文也就不再是難題，任天翔用了三天時間，便將十多卷墨家古卷翻譯成一本小巧的冊子，為防這冊子落到別人手中，他又將冊子上的文字打亂順序，重新編寫，以自己的出生日期作為編碼順序，將冊子編寫成只有自己能看懂的文字，然後將舊本燒毀。這樣除了原來的羊皮古卷，他得到了一本只有自己才能看懂的墨家古卷譯本。

他將譯本貼身藏好，對如何處理那些墨家古卷卻有些作難。按說既然已經有了譯本，似乎應該將原本燒毀才最妥當，但一來，這些古卷不少是墨子親手所著，二來，古卷上那些機械製造或武技的示意圖，以任天翔的繪畫功底，畢竟不能全部臨摹描繪，就這樣燒毀實在有些可惜。任天翔猶豫半晌，見藏經閣中也有不少羊皮古卷，他靈機一動，將古卷分散藏在不同的書櫃隱秘處，混雜在眾多的羊皮古卷中。看那些古卷均佈滿厚厚的灰塵，想必三年五載也不會有人來翻看。

藏好墨家古卷，任天翔又另拿了十幾卷藏經閣中的羊皮卷軸依舊裹成一包，想起跟隨自己前來的小川，他特意留下了一卷《忍劍》，然後背上包袱開門而出，然後向陽臺觀的道士告辭。

離開陽臺觀後，任天翔將那卷《忍劍》遞給小川道：「這是那些墨家古卷中專講劍法的一卷，你看看可否高明？」

小川滿懷好奇地展開看了片刻，神情漸漸從驚訝變成了震撼，半晌後方從古卷上抬起頭來，遲疑道：「這不光是講劍法的文字，似乎還講了一種特殊的訓練方法，以訓練一種專施行刺和暗殺的苦忍之士，簡稱忍士。只可惜這上面的文字我一多半不認識，只能猜個大概，不過從上面的示意圖來看，這種練劍的方法小川實在是聞所未聞。」

見小川眼中閃爍著躍躍欲試的熱望，任天翔笑道：「既然你如此喜歡，那這卷冊子就先借你，希望你能根據它練出與眾不同的劍法。」

小川聞言大喜過望，激動地哽咽拜道：「多謝任兄弟如此厚禮，小川……小川以後必圖厚報！」

任天翔扶起小川笑道：「自家兄弟，何必這般客氣？再說，這次能得到這些墨家古卷，小川君出力不小，任某再怎麼不濟，也知道要與人分享。」

見小川感動得兩眼含淚，任天翔就知道自己做對了。他知道小川是司馬瑜的人，但內心深處依然是個對大唐文化充滿敬仰的東瀛武士，不會成為任何人的奴才，要想真正贏得這個東瀛武士的忠誠，必須要捨得下血本，至少不能輸給司馬瑜。

二人下得王屋山，就見季如風等人早已在山下等得不耐，任天翔沒有對眾人多做解釋，只道：「啟程，回長安！」

長安城繁華喧囂一如往昔，城門大開任由各族商賈往來，城門守衛的兵丁只是象徵性地立在兩旁，甚至懶得多看過客一眼，所以假扮成商隊的任天翔等人進城之時，並沒有驚動任何人，就順利地回到了長安。

「公子下一步有何打算？」與任天翔同車的季如風在問，雖然任天翔現在已是義門鉅子，但那只是特殊場合的秘密稱謂，更多時候大家還是習慣稱他為任公子。

任天翔想了想，道：「先回我總管府看看。」

馬車來到當初安祿山所贈的府邸外，就見大門緊閉，門上還貼著大理寺的封條。曾經車水馬龍的副總管府，如今已是門可羅雀，就連街上的行人也不由自主避開十幾步，似乎生怕沾上那裏的晦氣。

雖然這早在任天翔預料之中，但真見到自己府邸被封，心情卻還是十分難受，回想過去的種種風光，恍然有種隔世之感。

任天翔正在車中臨窗發愣，突見一個乞丐湊到近前，舉著個破碗小聲乞討：「公子，賞兩文小錢吧，好心會有好報的。」

聽聲音依稀有些熟悉，任天翔定睛一看，但見這乞丐雖然滿臉污穢，掩去了本來面目，但那兩隻古靈精怪的眸子，不是小薇是誰？他又驚又喜，連忙打開車門小聲招呼：「上車！」

扮成乞丐的小薇左右看了看，確信無人留意自己，這才一貓身跳上馬車，輕呼：「快走！」

不等任天翔下令，任俠已驅車急行，直走出兩個街區，小薇這才鬆了口氣，拍著胸口連連喘息：「公子好大膽，居然還敢在那裏逗留，你不知道周圍有多少官府的眼線密探，就等著你回來，好將你抓去請賞呢！」

「這是怎麼回事？」任天翔忙問。

「我哪知道？」小薇嗔道，「我一個鄉下丫頭，哪知道你們官場上的風波險惡？只知道就在幾天前，一大幫御林軍包圍了副總管府，不僅所有人都被帶去大理寺審訊，就連大門也被官府封了。我是剛好外出，沒有被御林軍抓住，怕你回來糊裡糊塗落入羅網，所以假扮乞丐等在附近，沒想到你真回到了這裏。公子，你究竟犯了什麼事？皇上竟然令御林軍統領陳玄禮親自來抓你。」

任天翔聞言，心情越發沉重，那陳玄禮乃是當年追隨聖上誅殺韋后和安樂公主的心腹將領，時任御林軍龍武大將軍，一直宿衛禁宮，還從來沒聽說他親自出馬抓捕過誰。這次聖上竟然令他親自來抄家抓捕自己，可見對自己的重視，要想翻案恐怕是難如登天。

不過見小薇正擔心地望著自己，任天翔不好流露出任何不安，便不以為意的笑道：「也許是我外出太久，惹皇上不高興吧，所以派人來嚇我一下。別擔心，沒多大事，別忘了我可是聖上御口親封的國舅，就算犯了錯，最多被皇上教訓一頓，難不成還會被殺頭不成？」

「公子千萬別大意！」小薇急道，「我看那陣勢，只怕皇上真想要砍你的腦袋。公子還是趕緊離開長安，待風頭過去再回來，實在不行，這官也不要做了，動不動就要掉腦袋的買賣，還不如做強盜划算。」

任天翔啞然失笑，掏出身上所有錢，又讓季如風等人也掏出所有銀錢，湊成一包遞到小薇面前，柔聲道：「小薇姑娘，感謝你一直以來的照顧，在下無以為報。這裏有百十兩銀子，你拿上它回家吧。」

小薇有些意外：「公子你……你要趕我走？」

任天翔無奈嘆道：「我現在的情形你也看到了，跟著我恐怕會受連累。這點錢雖然不多，但足夠你找個樸實人家嫁了，咱們主僕緣分已盡，就在這裏分手吧。」

小薇清亮的眼眸中漸漸蘊滿淚水，望著任天翔澀聲道：「原來我在你心目中，就一直只是個丫鬟，你現在遇到麻煩，就想花點錢將我打發走，真是個心地善良的好主子啊。」

任天翔有些尷尬，正待解釋，就見小薇抬手打斷道：

「你別解釋，我有自知之明。你放心，我會走，不過不是現在。就算你坐牢甚至殺頭，也需要有人給你送飯吧？我會留在你身邊直到你平安——或者被殺頭。」

任天翔見小薇眼神從未有過的堅決，只得尷尬地收回銀子。

一旁的季如風見狀，忙替他解圍道：「公子下一步有什麼打算？」

任天翔想了想，淡淡道：「去大理寺。」

季如風尚未回答，小薇已勃然變色道：「你瘋了？你這不是自投羅網？」

任天翔苦笑道：「現在我親人朋友都被關進了大牢，我不自首，難道還能讓他們為我頂罪？」說著，他忍不住對小薇會心一笑，「再說有你為我送飯，就算坐牢那也沒什麼大不了。」

小薇眼中突然有一分羞澀，瞪了任天翔一眼道：「死到臨頭，還那麼油嘴滑舌。」

任天翔哈哈笑道：「如果橫豎是死，高高興興死總好過垂頭喪氣死。若能油嘴滑舌而死，任某倒也死得其所！」

見任天翔一掃先前的頹喪，又恢復了以往那玩世不恭的表情，季如風忍不住問：「公子已有萬全之策？」

「暫時還沒有！」任天翔坦然道，「不過我相信，這世上如果真有神靈，絕不會讓我稀里糊塗就死。所以我想拿自己腦袋來賭一把，賭這冥冥中自有天意，非我等凡人可以測度。」

雖然不知任天翔究竟有何打算，但他這份自信感染了季如風。就見這位義安堂的智囊不再猶豫，回頭對趕車的任俠吩咐：「去大理寺！」

第十章 掉包

李泌意味深長地笑了笑。

看到李泌嘴邊那略帶揶揄的微笑，任天翔心中咯登一跳，暗暗罵道：媽的，本公子這招掉包計又被這人精一眼識破，這傢伙究竟是人是鬼？為啥什麼事都瞞不過他？

天色已經入夜，街頭行人寥落，馬車在長街徐徐而行。任天翔看著外面熟悉的景色，心情十分平靜。見季如風和小薇均面帶憂色，他嘴邊又泛起了那標誌性的無賴式微笑：「放心，咱們還沒有輸，而且就算是輸，也該學學司馬瑜，輸也要輸得瀟灑大度。」

從窗外收回目光，他對季如風正色道：「對了，蕭傲暗中指使顧心遠留標指路的事，大家暫時裝不知道，待咱們過了眼前難關，回頭再來細查。如果他真有勾結摩門暗算咱們，我想姜伯、顧心遠等兄弟的血，一定不能白流。」

季如風點點頭：「我心中有數，會叫兄弟們莫要打草驚蛇。」

馬車突然停了下來，任天翔從窗外望去，見離大理寺衙門還有好幾條街，他忙問：「怎麼回事？怎麼在這裏停車？」

趕車的任俠低聲答道：「有人攔路。」

任天翔從車中探出頭向前方望去，就見長街中央，一個頭戴方巾、身著長袍的儒生正袖手立在長街正中，剛好攔住了眾人去路。黑暗中看不清他的面目，只能看到他大袖飄飄的剪影，以及斜挎在腰後的那柄三尺長劍。

讀書人很少佩劍，就算佩劍也只是當成飾物，但是眼前這儒生的劍顯然不是飾物，這點就連任天翔這個沒練好武功的門外漢也感覺得出來，所以義安堂眾人不約而同地停了下來。

「喂，麻煩讓一讓！」熊奇走在最前面，見有人攔路，忍不住一聲輕喝，雖然刻意壓低了聲音，依舊渾厚如鐘鳴鼓震。

儒生不亢不卑地對眾人抱拳一禮：「敢問車上可是任天翔任大人？」

任天翔心中微凜，反問道：「先生怎麼稱呼？」

儒生淡淡道：「在下邱厚禮，奉楊相國之命，特請任大人過府一敘。」

任天翔有些茫然，記憶中好像從未聽過這個名字。不過對面的季如風卻是面色微變，任天翔見狀忙問：「季叔知道他？」

季如風微微頷首，低聲道：「儒門有天、地、君、親、師，仁、義、禮、智、信十大劍士，人稱儒門十大名劍，皆出自儒門研武院，江湖上幾乎無人不知。他便是儒門十大名劍中的『禮』，他原本是追隨出身翰林的儒門奸相李林甫，李林甫過世後，又被楊國忠收歸麾下。雖然楊國忠跟儒門沒多大關係，但對他卻頗為看重，已隱然將他視為相國府首席劍士。」

任天翔恍然醒悟，若有所思地點點頭，朗聲問：「任某乃待罪之人，不知相國何事相邀？」

邱厚禮淡淡道：「相爺有心為任大人脫罪，所以特令邱某前來相邀。」

任天翔奇道：「我與楊相國素無交情，相國為何這般好心？俗話說，禮下於人必有所求，不知相爺想要任某拿什麼做交換？」

邱厚禮愣了一愣，大概沒想到任天翔會這麼難纏，不由冷冷道：「相爺只令在下前來相邀，並未有任何說明。你有任何疑問，儘可當面問相爺。」

任天翔心知自己這次被聖上查抄緝拿，多半就是楊國忠使壞，既然如此，那麼看看他究竟打的是什麼主意倒也不壞。這樣一想，他便對一旁的小川和小薇低聲道：「你們立刻去大理寺找柳少正，就說我正欲到大理寺投案，卻被楊相國請入了相國府，讓他速速帶人前來，免得讓人誤會我是被楊國忠所抓獲。」

二人心知事關重大，皆點頭答應，趁人不備，悄悄從別的路繞道去大理寺。

任天翔知道柳少正是太子殿下的人，不會賣楊家的帳，到時萬一在楊府出了意外，也好有個救兵和證人。安排完這一切，他才對邱厚禮道：「請邱先生前面帶路。」

眾人隨著邱厚禮來到相府，但見巍峨宏大的相國府，在黑暗中顯得尤其肅穆威嚴。義安堂眾人也算見多識廣，待進了相府大門，也不由自主放慢了腳步。就見邱厚禮在二門外停步，回頭對任天翔道：「相爺在內堂相候，不相干的人請在此留步。」

任俠等人正想爭辯，任天翔忙對眾人笑道：「你們就在這等我吧，想堂堂相國，總不能對我使什麼下三濫的手段吧，這要傳了出去，他這相國的面子可就丟盡了。我這個四品御前侍衛副總管，現在在他眼裏，肯定還不如他的面子重要。」

眾人只得停步，季如風憂心忡忡地向任天翔低聲道：「若形勢不對，你就高呼，咱們立刻衝進去救人。」

任天翔笑著點點頭，將身上背著的十多卷古卷交給季如風，這才隨邱厚禮進得二門。直到這時，他才有機會認真打量領路的儒門十大名劍之「禮」。

但見邱厚禮年紀在四旬出頭，面黑微鬚，兩腮無肉，晃眼一看就像個普通儒生，但那雙半開半合的眸子中，偶有精光迸出，尤其他貌似隨意的步伐，輕盈穩定毫不拖遝，無意間暴露出他那經歷過刻苦訓練的下盤功底。

轉過無數道迴廊門扉，邱厚禮終於在一間廳堂外停了下來，在門外輕聲稟報：「任天翔任大人到！」

「進來。」門裏傳出一個慵懶淡然的聲音，透著位高權重者特有的沙啞低沉。

邱厚禮輕輕為任天翔打開房門，然後向他抬手示意。任天翔帶著三分好奇、七分忐忑跨入大門，但見門裏是間寬敞奢華的書房，中堂懸掛著當今天子的御筆親書，兩旁則是顏真卿、吳道子等名家手筆，靠牆的梨花木書櫃，滿滿當當塞滿了厚厚的經典，紅木書案上的精緻玉鼎中，則燃著幽幽的龍涎香……相比這書房低調的奢華，書案後那個年過五旬、面白微鬚的華服男子，倒顯得有些平凡中庸。

任天翔認得他便是權傾天下的楊國忠，忙依官場禮數拜見。就見對方擺手道：「任大人不必多禮，來人，看茶！」

丫鬟奉茶退下後，任天翔不由笑問：「想當初卑職想求見相爺一面而不可得，不知今日相爺為何突然盛情相邀？」

楊國忠將任天翔上下打量了片刻，淡淡道：「任大人死到臨頭還笑得出來，真令人佩服。」

任天翔一聽這話便知是虛言恐嚇，心中反而輕鬆下來，笑問：「相爺何出此言？」

楊國忠微微冷笑道：「你不知聖上為何要緝拿你？」

任天翔不以為然地聳聳肩：「我不過是跟高仙芝將軍有點小誤會，我想聖上自會明察。」

「你倒是很有自信啊！」楊國忠微微一笑，「若只是高仙芝要你死也還罷了，現在朔方節度右兵馬使郭子儀上奏朝廷，稱范陽節度使安祿山正秣兵厲馬，已有反意。你與那安祿山交情非淺，而且當初安祿山連夜離京，也正是由你親自送出長安，加上你屢借追查叛將突力的名義，大肆搜刮錢財，這任何一樁罪名，只怕都夠得上抄家殺頭了。」

任天翔心知別的罪名還好辦，唯有親自將安祿山送出長安卻是無法抵賴，要是安祿山真的謀反，自己可就跳進黃河也洗不清了。不過他知道，楊國忠既然這樣說，顯然還不想將自己置於死地，楊國忠這手欲擒故縱的把戲，在他眼裏簡直太小兒科。只是他不能表現得比楊國忠更聰明，便故作害怕地拱手拜道：「卑職還請相爺指點一條生路。」

楊國忠重重嘆了口氣，淡淡道：「本官本不想管這些閒事，是我妹妹韓國夫人求到我這裏，說你還欠著她鉅款，你的景德陶莊若是被查封，也會斷了她一條財路，所以要本官想法救你。只是你的罪名實在太過重大，要想救你實在是千難萬難。」

任天翔心知楊國忠是在趁機坐地起價，卻不知自己有什麼東西能讓這個權傾天下的權相看上，他忙問：「相爺有何差遣請儘管吩咐，若能幫下官渡過眼前難關，下官赴湯蹈火在所不辭。」

「也沒什麼大事。」楊國忠貌似隨意地道，「本官是聽說你找到了千年前墨家始祖墨子的陵墓，得到了墓中所藏的墨子遺作，本官一向對各種經典古籍心懷好奇和仰慕，不知能否借本官一閱？」

任天翔聽到這裏終於恍然大悟，原來楊國忠是看上了自己剛到手的墨家古卷，所謂借那是客氣，實則就是強索。他立刻想到，墨家古卷的事如此隱秘，楊國忠怎麼這麼快就知道？而且楊國忠是靠著妹妹的恩寵一步登天，並非真是由儒門出身，按說他對任何古書典籍的興趣，決不會超過金銀珠寶，怎麼會拐彎抹角向自己要這個？除非……

任天翔心中漸漸明瞭起來，楊國忠不是為自己，而是在為別人要，只是不知他身後的人是誰，又是從哪裡得知自己手中有墨家古卷。

只可惜墨家古卷已經讓任天翔掉了包，沒法用它來賄賂楊國忠，而且就算是有，任天翔也不願將義安堂眾人用鮮血和生命換來的墨家至寶，拱手獻給面前這奸相。他只得推諉道：「這墨家古卷非我個人之物，卑職無權做主，相爺若要借閱，我得跟大家商量後再做決定。」

楊國忠權傾天下，還從來沒人敢當面拒絕他，聞言不禁臉色一沉，不冷不熱地道：「任大人要想清楚，你如今已是命懸一線、九死一生。若本相肯幫你，或可化險為夷；如本相要落井下石，只怕神仙也救不了你。」

面對楊國忠赤裸裸的威脅，任天翔心中反而湧出一種不服的倔傲之氣，對楊國忠拱手一拜：「多謝相爺好意，只是任某這條賤命，跟墨家古卷比起來實在微不足道，所以只好聽天由命了。」說完起身告退，再不停留。

在門外守衛的邱厚禮正要阻攔，卻聽楊國忠一聲輕喝：「讓他走！」邱厚禮只得收回手，示意內侍將任天翔送出去。

待任天翔離開後，楊國忠對邱厚禮低聲吩咐：「去將本相要的東西拿回來，不過不能在相府動手，更不能讓人知道是本相所為。」

邱厚禮心領神會地點點頭，拱手一拜：「相爺放心，小人知道該怎麼做。」

出得相府，任天翔依舊照原計劃趕往大理寺。

馬車走出三個街口，突聽兩旁的房檐上有夜行人輕盈的腳步，如狸貓般細微。眾人立刻暗自戒備，將馬車拱衛在中間，靜觀事態發展。

任天翔也聽到了外面的異動，不由一聲輕嘆：「沒想到楊國忠為了這古卷，竟然不惜冒險。我真不想再有人為這古卷送命，他若真要苦苦相逼，我只好將古卷全都燒掉，以免落到別有用心的人手中。」

季如風忙道：「公子不用擔心，這點蟊賊未必能攔住咱們。」說著，他探頭向車窗外略一示意，立刻有兩個墨士躍上兩旁的屋簷，片刻後，就聽屋簷上傳來一兩聲短促的驚呼，幾個黑衣蒙面人已從屋簷上摔了下來。跟著屋簷上傳來兩聲口哨，季如風立刻對任俠吩咐「走！」任俠抬手揚鞭，馬車立刻加速。

就聽黑暗中傳來稀疏的箭羽破空聲，卻都被守衛在馬車兩旁的杜剛等人撩開，眼看大理寺衙門遙遙在望，突見前方黑暗中奔出一道衣衫飄忽的灰影，速度快得驚人。

熊奇在馬車前方開路，見狀一聲大吼，戰斧猶如車輪橫掃而出，幾乎封住了半條街。就見那灰影隨著戰斧的來勢突然向後折倒，身形幾乎是貼著地面避過了戰斧迎面一擊，並借慣性滑過熊奇的堵截衝到了馬車面前。

任俠見狀，急忙拔劍在手，就見對方身形半跪，手中長劍斜刺而出，正中急速奔行的馬腿，且剛好是膝蓋位置。

兩匹拉車的健馬突然前腿失力，一下子摔倒在地，令馬車也隨之傾側翻覆。而他則就勢仰倒，貼著地面從兩匹健馬中間穿入車底，趁馬車越過頭頂的瞬間突然揚劍上刺，長劍刺穿馬車下方的板壁，直達車廂後部，那裏正是任天翔所坐的位置。

就在長劍穿透馬車下方箱板的瞬間，季如風已拉著任天翔跳出馬車，剛好避過了致命一劍。二人回頭望去，就見馬車後半部轟然解體，一個灰衣人正從馬車碎片中傲然站起。灰衣人雖有白巾蒙面，但其眼神和服飾，已經暴露了他的身分。

「好！儒門十大名劍，果然名不虛傳。」季如風一聲讚嘆，跟著又搖頭嘆息，「只可惜儒門也算名門正派，為人做事一向自詡正大光明，不知何時出了你這種藏頭露尾的小人？趨炎附勢也就罷了，居然還幹出蒙面偷襲的下三濫勾當。」

灰衣人似乎對自己的失手有點意外，頷首道：「想不到義安堂還有些人才，居然能識破我這一劍，佩服。」他略微頓了頓，「我蒙面並非是要隱瞞身分，而是不想多造殺戮。你們若裝著沒有認出我是誰，我拿到想要的東西後還會放你們一馬，但你們偏要自以為聰明，我只好將你們全部滅口。」

季如風聞言，不禁嘿嘿笑道：「閣下好大的口氣，真不愧出身天下第一名門。只可惜就憑你這種蒙面偷襲的勾當，要想將咱們全部滅口，只怕是在癡人說夢。」

「閣下劍法超群，在下有心領教。」任俠持劍遙指灰衣人後心，眼中閃爍著隱約的渴望。方才他低估了灰衣人的膽色和武功，結果讓灰衣人貼地鑽入馬車下，差點釀成大錯，所以很想找回顏面。

灰衣人淡淡一笑：「憑我自己或許不成，不過我已令人封鎖了這條街，上百名武士早已嚴陣以待，就等我一聲令下，你們自信能從上百名精銳武士包圍下安然脫身？」

話音剛落，就見長街兩頭亮起了無數燈籠火把，無數黑衣蒙面人正手執兵刃嚴陣以待，就連兩旁屋簷之上，也有武士分頭把守，將義安堂眾人圍了個水泄不通。

他們人數雖眾卻鴉雀無聲，紋絲不動，顯然是經過嚴格訓練的精銳武士，非尋常江湖草莽可比。

義安堂眾人見狀，不禁面面相覷，雖然他們不懼惡戰，但他們怎麼也沒想到，在堂堂大唐帝都，有人竟敢出動上百武士公然搶劫，而且其中還包括邱厚禮這等儒門一流高手。

「上天有好生之德，本門也一向是以仁義為先。」邱厚禮故作憐憫地嘆了口氣，「所以我願意對你們網開一面，只要留下我要的東西，並裝著沒有認出在下，我可以讓你們平安離開。」

此言一出，幾個墨士修養再好也忍不住哈哈大笑。

任天翔越眾而出，示意大家安靜，然後將十多卷古卷擱到地上，對邱厚禮嘆道：「你們煞費苦心，無非就是為了我這十多卷墨家古卷。想墨子生前最崇尚和平，若知他留下的典籍竟成為世人爭奪的寶貝，已有無數人為它流血甚至喪命，墨子一定會非常後悔。既然如此，不如就由我來替墨子將它們全都燒毀，以絕世人貪念。」

任天翔說著拿出火絨點燃，作勢要往那些古卷上點去。邱厚禮神情頓時緊張起來，卻故作輕鬆地冷笑道：「你少用這一套來要脅，我不信你真會將它燒毀，你將它獻給相爺，好歹還能救你的性命，我不信你連命都不要。」

任天翔微微一笑：「我任天翔怕這怕哪，就是不怕別人威脅。既然你不信，我只好燒給你看看。」說著，他已將火絨湊到那些古卷之上，浸透了防水油脂的古卷遇火即燃，一下子便燒了起來。

「住手！」邱厚禮一聲大吼，沒想到任天翔真會點火，情急之下急忙仗劍衝來，想要撲滅火焰。誰知身形方動，一旁虎視眈眈的任俠已一聲輕喝，劍鋒直指邱厚禮必經之路。若他真要前衝，必躲不過任俠蓄勢而發的一劍。

「放肆！」邱厚禮擰身出劍，想要逼退任俠擺脫糾纏，誰知任俠像是看透了他的心思，搶先變招，劍勢延綿不絕將他纏了個結實。邱厚禮情急之下竟脫身不得，不禁一聲高喝，「快搶古卷！」

早已嚴陣以待的上百武士，應聲撲向燃燒的古卷。任天翔見狀，急忙高呼：「嚴守！莫讓古卷落到他們手中！」

義安堂眾人立刻圍在任天翔周圍，阻止眾武士靠近。他們武功比那些武士高出一大截，雖然以寡敵眾，難以從眾人包圍下突圍而出，但守衛任天翔和燃燒的古卷還是綽綽有餘。眾武士雖然奮勇爭先，奈何地方狹小擠在一起，難以發揮人多的優勢，只能眼睜睜看著那些古卷，漸漸變成了一堆熊熊的篝火。

邱厚禮幾次想要衝過去搶救古卷，卻怎麼也擺脫不了任俠的糾纏，他心中殺意頓起，不再理會那些古卷，回身專心對付任俠。

如此一來，儒門研武院十大名劍的實力便真正體現出來，但見他的劍速雖不及任俠快，卻能先一步預判任俠的劍路，先一步封住任俠出手的線路和角度，步步強佔先機，十餘招後，任俠的劍勢就開始顯出一絲忙亂，不復先前的神勇迅疾。

「你死定了！」邱厚禮眼中寒意暴閃，嘴邊泛起了勝券在握的冷笑，手中長劍源源不斷地攻擊，逼得任俠連連後退。

二人實力其實相差極微，但臨敵經驗上卻是天差地遠。墨士因門派的原因，很少有機會與江湖上實力相當的對手正面過招；而儒門研武院卻是各派高手研武交流之所，比起墨門的閉門造車來，儒門劍士有更多實戰的機會。

眼看任俠就要落敗，突聽任天翔一聲高呼：「住手！」

雖然任天翔音量不高，中氣更不能與內氣充沛的高手相提並論，但他那種從容不迫的氣度，還是令眾人不約而同停了下來。

就見他指著那堆已經快燃成灰燼的羊皮古卷，對邱厚禮笑道：「別搶了，古卷我給你們。」說著向後退開，義安堂眾人也隨之後退，將那堆已經燒得不成形狀的古卷留給了對手。

邱厚禮兩步急衝上前，不顧烈焰的灼燒搶出一卷古卷，但見羊皮古卷早已燒焦，哪還看得清其上的字跡？他一掃先前的儒士風度，氣急敗壞地將燒焦的古卷一扔，從齒縫間迸出個殺氣凜冽的字——殺！

上百名武士緩緩向前逼近，將義安堂眾人圍了個水泄不通。義安堂眾人武功雖比這些武士氣高出一大截，但因為要保護不會武功的任天翔，不敢放手突圍，因此被眾武士逼到長街一角，形勢十分危急。還好眾武士在先前的搏殺中，已經領教了幾名墨士的殺傷力，沒人再敢搶先出手，雙方一時僵持不下。

邱厚禮見狀，不由踢開幾個畏縮不前的手下，正待率先出手，突聽後方傳來急促的馬蹄聲，跟著是有人急切的高呼：「住手！」

眾人回頭望去，就見一隊衙役正縱馬疾馳而來，領頭是個不到三旬的年輕官吏，看服飾應是大理寺少卿。

眾武士見是官兵，不約而同讓開一條路，就見數十名衙役直奔到戰場中央，將義安堂眾人與眾武士隔離開來。就聽領頭的大理寺少卿一聲斷喝：「哪裡來的盜賊，竟敢在京城聚眾鬥毆？還不快退下？」

眾武士雖然出身相府，但這次是蒙面行動，見不得光，如今見有大理寺的人插手，便都萌生退意。不過邱厚禮胸中憋著股怒氣，加上一向在相府當差，見慣了一二品大員，哪裡會將一個小小的大理寺少卿放在眼裏？

面對大理寺少卿的呵斥，他冷冷道：「別多管閒事，不然連你一起殺。」

敢對朝廷命官當面威脅，而且是在這京師重地，這令一向自大慣了的大理寺衙役都吃了一驚，眼看周圍黑壓壓全是黑衣蒙面人，面對官府也全然無懼，眾衙役哪見過這陣仗，心裏都是一陣發虛，不約而同向後退縮，顯然已在做逃命的打算。

邱厚禮看出了眾衙役的心虛，不由冷哼道：「我數三聲，誰再敢阻我，一律格殺勿論。」

就在這時，突聽後方傳來一個淡然冷定的聲音：「誰這麼大膽，竟然公然威脅朝廷命官？」

眾人循聲望去，就見長街那頭緩緩馳來一人一騎，騎手青衫飄忽，身形雋秀，面目清奇俊朗，看年紀不過三旬出頭，卻有著一種飄然出塵的淡泊寧靜，更有一種揮斥方遒的豪邁和自負。這兩種氣質竟和諧的出現在同一個人身上，實在是極其罕見。

眾武士雖然不識，卻也被其氣勢所懾，不約而同讓開了一條路。就見他緩緩控馬來到對峙雙方的中央，這才在眾目睽睽之下勒馬停步。

看到他雖是孤身前來，任天翔的心情卻是陡然一鬆。他知道自己已經安全了，因為來的不是別人，而是曾經名動天下、如今卻如潛龍般蟄伏的李泌。他相信憑李泌的頭腦和智慧，一定沒有解決不了的難題。

「又是什麼人要多管閒事？」邱厚禮顯然還不認識李泌，不禁冷眼喝問。

「我不管閒事，只是看在你好歹也是出身儒門的份上，救你一命。」李泌淡淡答道。被對方一眼看出來歷，邱厚禮倒也不心虛，儒門是天下第一名門，儒門弟子無不以此沾沾自喜。他信手挽了個劍花，嘿嘿冷笑道：「我看不出自己有什麼危險，倒是你們這些人，現在卻是非常危險。」

李泌微微笑道：「這裏有兩名朝廷大員，一位是御前侍衛副總管，一位是大理寺少卿，你認為相爺會為了幾部已經燒毀的古典，就公然刺殺朝廷命官？你認為儒門會容忍門人為權貴做事而開罪朝廷？此事一旦敗露，你的師門還能不能容你？」

邱厚禮心中微凜，立刻意識到其中的利害關係。方才他一時衝動想要殺人洩憤，現在經人提醒，立刻意識到若不能將在場眾人全部滅口，消息一旦走漏，自己在相爺面前和在師門中均無法交代。儒門跟官府關係密切，怎能容忍門人公然殺害朝廷命官？而要將對方全部滅口，顯然是千難萬難。而且己方人多嘴雜，也難保不走漏消息。

想通其中利害，他漸漸冷靜下來，深盯了李泌一眼，肅然問：「不知閣下什麼身分？怎麼稱呼？」

李泌淡然一笑：「不才李泌，現為東宮陪讀。」

邱厚禮眼中閃過一絲驚詫，顯然也聽說過李泌之名。他對李泌抱拳一禮，然後對任天翔恨恨地點了點頭：「你今天運氣不錯，居然有這等貴人相救，但願你下次還有這麼好的運氣。」說完對眾武士一揮手，悄然退入夜幕深處。

眾武士扶起受傷的同伴也隨之而退，轉眼便走得乾乾淨淨，長街又恢復了原來的寧靜，就像什麼事也沒發生過。

任天翔連忙上前對李泌一拜：「多謝李兄相救，你怎麼知道我有難？」

一旁的柳少正笑道：「我收到你差人送來的口信，怕自己壓服不了相府的人，便令人立刻去給李兄送信。幸虧李兄及時趕來，不然今晚就要出大事了。」

李泌簡短地問了下任天翔的打算，然後微微頷首道：「你做得對，投案還有一線生機，若是潛逃必然被坐實罪名，再無辯解的機會。你放心，我會請殿下暗中幫你，定能助你渡過眼前危機。」

任天翔點點頭，有些遺憾地望向那堆幾乎燃盡的羊皮古卷，滿是遺憾地嘆道：「我自己倒沒什麼，只可惜了這些千年古卷。」

李泌意味深長地笑了笑，拍拍任天翔肩頭：「你做得很對，這些古籍已經燒毀的消息，將通過邱厚禮和那些武士之口傳遍江湖，以後就不會再有人來找你麻煩了。」

看到李泌嘴邊那略帶揶揄的微笑，任天翔心中咯登一跳，暗暗罵道：媽的，本公子這招掉包計又被這人精一眼識破，這傢伙究竟是人是鬼？為啥什麼事都瞞不過他？

李泌將任天翔一路送到大理寺衙門，這才拱手告辭而去。

待他走後，任天翔回頭對義安堂眾人道：「你們就當什麼事也沒發生過，回去等我消息，萬不可輕舉妄動。」

見小薇眼眶泛紅欲言又止，任天翔忍不住在她臉蛋上擰了一把，笑道，「別哭喪著臉，好像我進去就出不來了一樣。明天給我準備幾罈好酒，我要在牢中好好養上一段時間。」

柳少正也對小薇笑道：「放心，我不會讓你家公子受委屈。這小子從來沒坐過牢，這回也算是開了個葷。」

揮手與眾人道別，然後隨著柳少正進得大理寺臨時牢房。

任天翔有些擔心地問：「我妹妹怎樣？我府中的人，還有那些受我株連的朋友們呢？他們在哪裡？」

柳少正忙道：「這個你不用擔心，他們大多被押解到刑部。有高名揚照顧，應該不會吃虧。聖上下旨抓捕他們，也只是要逼你回來，如今你既已投案，他們應該很快就會放出。」

任天翔稍稍放下心來，突然又想起一事，隨口問道：「哦，對了，上次大雲光明寺盧大鵬無端自燃的案子，有線索嗎？」

柳少正有些意外地打量了他半晌，問道：「你不擔心自己的事，倒關心別人的案子？」

任天翔呵呵一笑：「有些事擔心有什麼用？除了讓自己無端煩惱，根本於事無補。」

柳少正若有所思地點點頭：「你變了，好像比以前更灑脫，也不知這是好事還是壞事。」

「少廢話，快說說大雲光明寺自燃的案子，我對那個比較感興趣。」二人說著，來到一間看起來還算乾淨的單人牢房，任天翔打開牢門躬身進去，然後將柳少正關在門外，回身道，「這裏地方狹窄，沒椅沒凳，我就不請你進來坐了。」

柳少正依言在門外停步，隔著牢門道：「那案子主要是刑部在辦，聽說至今沒找到有用的線索。」他略頓了頓，遲疑道，「不過有刑部老捕快推測，盧大鵬自燃時所喊叫的話，也許未必是出於他之口。因為現場沒有一個人敢說親眼看到盧大鵬燃燒時在開口說話。」

任天翔先是有點意外，沉吟道：「也就是說，現場眾人聽到盧大鵬所說看到光明神的言語，或許是出自另外一個人之口？」

柳少正微微頷首：「一個擅長口技的藝人，都能以假亂真地模仿他人的聲音，何況當時在那樣一種情形下，盧大鵬又在發瘋一樣嘶聲慘叫，誰又能分辨它是出自盧大鵬之口，還是出自他附近的人？作為查案的捕快，寧可相信這種可以接受的原因，也不相信那些誰也說不清道不明的怪力亂神。」

任天翔連連點頭：「有道理，如果這推測成立，就說明摩門在利用此事借機裝神弄鬼，也就間接地證明，盧大鵬的自燃絕非偶然，而是被摩門以特殊的方法所害，只是現在咱們還不知道令他無端自燃的原因和手段。」

「就是這樣！」柳少正頷首道，「不過這一切都還只是推論，至今沒找到直接的證據。而且偵辦此案的捕快受到來自上邊的壓力，照這樣下去，這事最終肯定還是不了了之。」

任天翔若有所思地點點頭：「看來摩門在京中已經站穩腳跟，甚至結交到了權貴，所以有人在暗中為其脫罪，給刑部施壓。」

「我也認為是這樣。」柳少正說著釋然一笑，「好了，你先安心在這裏住著，我會儘快向聖上稟報此事，儘量幫你早一天脫困。」說著，他回頭叮囑牢中的獄卒，「這是我的兄弟，誰也不得刁難冒犯，如果他有什麼需要，你們必須儘量滿足。」

幾個獄卒連忙點頭答應道：「大人放心，小人心裏有數，決不讓任大人受到半點委屈。」

柳少正又對眾人叮囑了幾句，這才向任天翔告辭。

送走柳少正，任天翔終於可以舒服地躺在牢中鋪著的草墊上，抱頭思索這些天來發生的一切，尤其是相國府眾武士為何對自己行蹤瞭若指掌。他心中很快就有了幾個推測，並且想到了最可能的情況。

那就是相國府與摩門有勾結，而摩門已經發現到手的墨家古卷有假，所以才通過相國府出面向自己施壓。自己這次被朝廷抄家通緝，除了高仙芝和那個什麼朔方節度右兵馬使郭子儀的奏摺，恐怕楊國忠才是最大的黑手。

不過事已至此，任天翔心知擔心也沒多大用，也就隨遇而安，拿出身上的錢請獄卒們喝酒吃肉，暫時忘掉眼前的煩惱。他乃紈褲出身，最善結交酒肉朋友，沒多會兒，幾個獄卒就跟他混熟，不僅幫他買來酒菜，還陪他喝酒賭錢，玩得不亦樂乎。

任天翔就這樣安心在牢中住了下來，他相信只要有機會面見皇上，定可為自己辯個明白。除此之外，太子殿下和李泌也在想法救自己，以殿下的人脈和李泌的精明，要救自己應該不難。而且萬不得已之時，自己還有救命的護身符，就算這御前侍衛副總管再做不成，好歹還是聖上御口親封的國舅，保命大概沒多大問題，所以任天翔一點也不擔心，反而趁著牢中難得的清靜，專心研究起翻譯過來的墨家古卷。

就見十多卷墨家古卷上，不僅記載了墨子生前的思想和學說，還有墨家別具一格的攻防兵法和武功戰術，以及無數器械的原理和製造，甚至還有對頭腦進行自我訓練的方法——心術。

區區十多卷古卷，涉獵的範圍堪稱天文地理無所不包，兵法武功無所不具，而且絕非泛泛而論，而是有自己獨到的見解和研究，其深度和廣度即便到今天也依然超前於世，令任天翔直懷疑，當年的墨子祖師究竟是人還是神？

不知不覺十多天過去，也不見有衙門提審，更不見聖上召見。剛開始還有一幫狐朋狗友陸續來探望自己，帶來外邊的一些消息，不過後來這種探視逐漸稀少，直到消失，而獄卒對自己的態度也起了一種微妙的變化，明顯不再將自己當成御前侍衛副總管奉承。任天翔隱約感覺形勢不妙，但究竟發生了什麼，卻始終一無所知。

在任天翔重金籠絡下，獄卒勉強幫他去請柳少正，當晚任天翔總算又見到這位大理寺少卿。就見對方一掃十多天前的輕鬆關切，一副憂心忡忡的模樣，任天翔不禁質問道：「現在是怎麼回事？為什麼不見我的朋友來看我？就連小薇也好多天沒來給我送飯了。」

「現在的形勢對你很不利。」柳少正毫不掩飾內心的擔憂，「除了高仙芝告你通敵，郭子儀密奏安祿山欲謀反，更有御前侍衛指證你假公濟私盜竊秦始皇陵，而且那個石國叛將突力的脫逃，似乎跟你也有關係。現在朝堂之上，以楊國忠為首的重臣皆力主殺你以謝天下，幸好有哥舒翰將軍拼死保你，又有太子殿下暗中出力相助，所以這事暫時拖延下來。現在還沒開始審訊你，那是因為聖上還沒找到合適的人選。聖上已不相信大理寺，所以咱們不得不阻止你的朋友前來探視，以免落人口實。」

任天翔聞言心中大急，忙問：「我的家人和朋友呢？他們是否會受到株連？」

柳少正低聲道：「他們也都還在拘押之中，不過你不用太擔心，這只是要他們在審訊時作證，你的事應該不會牽連到他們。」

任天翔怔忡半晌，從貼身處拿出一封書信，遞到柳少正手中道：「還煩兄弟將這封信想辦法呈給聖上，或者可救我一命。」

柳少正接過信忙問：「這是什麼？」

「你別問了，總之，務必將它交到聖上手中，拜託了。」任天翔神情從未有過的凝重，他從柳少正的隻言片語中，隱約預感到以後恐怕再難有機會見到皇上，所以只好將獲救的希望，寄託到當初玉真公主留給他的這封應急信上。

柳少正沒有再多問，仔細收起信函，點頭道：「老七放心，我一定想辦法將這封信交到聖上手中。」

第十一章 入獄

任天翔在牢中漸有度日如年之感，他已托柳少正將玉真公主那封應急信遞上去十多天，算算時間早應該到了皇上手中，但至今也沒有任何回音。不僅如此，這十多天已經沒有任何人來看過他，越發讓人感到不安。

又是十多天過去，任天翔在牢中漸有度日如年之感。他已托柳少正將玉真公主那封應急信遞上去十多天，算算時間早應該到了皇上手中，但至今也沒有任何回音。不僅如此，這十多天已經沒有任何人來看過他，越發讓人感到不安。

幸好還有抄錄的墨家古卷，可以在牢中聊以打發時間。近兩個月的牢獄生涯，任天翔已經差不多能將抄錄的墨家古卷倒背如流，無聊之下，他甚至照著古卷上的方法進行自我訓練。

墨子著作中他最感興趣的是《心術》，他從未見到過類似的著作，因此對《心術》中描繪的境界充滿了懷疑。

心術是一種訓練眼力、腦力和智力的墨家秘術，第一步是訓練精神的專注，第二步訓練快速觀察和分析，第三步尋找事物之間的內在聯繫和相互影響，第四步發現表象之下暗藏的規矩，也即所有運動變化發展的普遍規律……

當任天翔開始掌握心術第一步——集中精神全神貫注，便逐漸感覺自己進入了一個全新的境界，原本平淡無奇的世界，在他眼中漸漸變得豐富多彩，他開始發現那些平時決不會留意到的細節。比如監室角落三點褐色的汙跡，四個角落一動不動的七隻蜘蛛，以及牠們偶爾捕獲的獵物……甚至在面前一閃而過的蠅蚊，他不用特意去看就能數清牠們的數量，並試著從牠們雜亂無章的飛行軌跡中發現其暗藏的規律，並對牠們的落腳點，作出準確的推測和預判。

他漸漸開始理解墨子著作中不斷提到的「規矩」之意，世間萬事萬物的運動變化和發展，都遵循其各自的「規矩」，發現暗藏於事物表相之下的「規矩」，就掌握了揭開事物運動變化發展奧秘的鑰匙。

「鉅子」不僅是指墨家的領袖，也代表著一種能力，發現事物運動變法發展表象之下的「規矩」，並巧妙地運用這種「規矩」去實現天下大義，才真正稱得上是鉅子——規矩之子。

隨著訓練的深入，任天翔感覺一個嶄新的世界在他面前打開，令他有種脫胎換骨甚至再世為人的新奇感。他從獄卒的言談舉止，能輕易發現對方真實的想法和意圖，從其穿著打扮的整潔程度，能推測到對方的生活背景和家庭環境。

他甚至能從對方偶爾望向自己那不經意的眼神，看到自己在他們心目中的分量，進而推測出外面形勢的變化——那不是有利於自己的變化，因為獄卒的眼神開始流露出一種輕視甚至是幸災樂禍，看來外面的形勢對自己越來越不利。

雖然對外面的形勢有所揣測，但任天翔卻無能為力。被關押在這方圓不及一丈的牢房中，每天除了兩個獄卒就再見不到任何人，就算有天大的本事也無濟於事，而且身上的錢財早已用盡，想賄賂兩個獄卒買罈酒都不能夠。不過，只要能發現事物表象之下的規矩，就可以加以利用，讓規矩為自己所用。

初窺墨家心術門徑的任天翔，對此雖然還有點將信將疑，卻也想親自去試試。趁一個獄卒出去如廁——而且算準是大解的機會，任天翔貌似隨意地對留下來的那個年輕獄卒道：「王哥，我看你這兩天好像有喜事啊？」

那獄卒姓王，比任天翔大幾歲，所以任天翔一直稱他為王哥。見任天翔動問，王哥愛理不理地點點頭：「也算不得什麼喜事。」

任天翔對對方的冷淡視而不見，熱情地道：「過來我給你算算，看看是什麼喜事。」

王哥一臉的不信：「你會算命？」

「我會看相，尤其是手相。」任天翔笑道，「是師從王屋山司馬道長，算是初窺門徑。」

任天翔是由司馬承禎推薦入仕，這在京中無人不知，而司馬承禎在武后當政時就已名揚天下，在世人眼中不啻世外高人。王哥開始有點將信將疑，猶猶豫豫地過來道：「好，你幫我看看，就是不準也沒關係。」

任天翔將王哥的雙手翻來覆去看了片刻，但見雙手乾淨柔軟，指甲修剪得整整齊齊，指甲縫中看不到一絲汙跡。聯繫到他衣著一向很整潔，就連膝蓋上的補丁都頗為藝術，任天翔心中已有所推斷。

他故作神秘地屈指數了片刻，這才開口笑道：「你命中注定有個賢慧的老婆，不過恕我直言，模樣很不出眾，屬於內秀型的吧。」

王哥的眼睛睜大了三分之一，連連點頭：「沒錯！你怎麼看出來的？」

任天翔暗暗好笑，一雙從不做家務的手，再加上整潔的衣著和補丁上細心的針線，已經說明這男人身後有個賢慧的女人。而一個獄卒娶到漂亮老婆的機率幾乎為零，加上從未聽他提到過老婆，只要綜合這些資訊，便可做出如上判斷。

見對方證實了自己的推測，任天翔信心倍增，故作神秘的笑道：「天機不可洩露，我要告訴了你方法，只怕你也不明白。」

王哥不再追究細節，忙道：「你再幫我看看，還能看出什麼？」

任天翔裝模作樣又看了兩眼，點頭道：「你老婆懷孕了，預產期應該就在今年。」

王哥眼珠頓時睜大了一倍，連連點頭：「沒錯沒錯！太準了！你連這也看得出來？」

任天翔看了一眼王哥衣袋中剛買的撥浪鼓，以及他依舊還整潔的衣衫和眉宇間的喜氣，又抽抽鼻子確實還沒聞到奶腥氣，不禁暗道：我要連這都看不出來，那簡直就是個瞎子。

「你再幫我看看，是兒子還是女兒！」王哥滿臉熱望，已經完全相信了任天翔的能力。

任天翔又將王哥的手翻來覆去看了片刻，皺著眉頭一言不發。

王哥從他的神情看出似乎有些不對，不由陪著小心問：「怎樣？兒子還是女兒？」

任天翔眼中閃過為難之色，欲言又止。王哥見狀急道：「任大人看到了什麼，直說無妨！」

已經很久沒有聽到王哥尊稱自己為「任大人」了，顯然對方心弦已經被勾住。不過，任天翔卻故作為難道：「我學藝未精，不敢亂說，你還是找別人另外再看吧。」

任天翔越是這樣說，王哥越是焦急，跺足道：「任大人不管看到什麼，但講無妨，我決不會怪你。」

任天翔在對方一再催促下，這才遲遲疑疑地道：「我看到了血光之災，一屍兩命，尊夫人和孩子恐怕都……過不了鬼門關。」

王哥臉色「唰」一下變得煞白，女人生孩子就如同過一次鬼門關，總有相當一部分被小鬼攔下來，因此民間對此十分忌憚。見王哥失魂落魄的模樣，任天翔故作勉強地拍拍他的手：「也許我看得不準，你不要放在心上，就當我是一派胡言吧。」

任天翔說著作勢要走，卻被王哥一把拉住，就聽他哭喪著臉問：「這血光之災可有解救？」

任天翔遲疑道：「有倒是有，不過就是有些麻煩。何況我如今自身難保，哪有心思管別人的閒事？」說著丟開王哥，躺回自己的鋪位閉目假寐。

王哥急得在牢門外連連作揖哀求：「還請任大人指點迷津，小人一家三口當永遠銘記大人恩典！」

任天翔推卻不過，無奈嘆道：「你準備紙墨筆硯，我將解法寫給你，你拿去找高人幫忙，或可逃過一劫。」

大理寺關押的通常是朝臣官宦，因此牢中也為他們備有紙墨筆硯，以便他們在牢中也能自擬供詞。王哥連忙將紙墨筆硯送到任天翔面前，任天翔提筆凝思片刻，匆匆寫下一封信函，然後遞給王哥道：「你找高人照此法施為，定可避免這場血光之災。不過萬不可讓第三人知曉，甚至包括你老婆，天機一旦洩露，誰也救不了你老婆孩子。」

王哥展信一看，就見信上每一個字自己都認識，但是連在一起卻全然不懂是什麼意思，他忙問：「這上面說的是什麼？為什麼我完全看不懂？」

任天翔笑道：「這是道家咒語，你要能看懂那你就是高人了，還用得著我幫忙？」

王哥不再懷疑，卻又為難道：「我要到哪裡去找高人？總不能拿著這個滿大街去問吧？」

任天翔想了想，問道：「見過義安堂季長老嗎？你拿這個去求他，也許他會幫你。」

「多謝任大人指點，小人一家三口永遠銘記大人恩典！」王哥恭恭敬敬拜了三拜，然後仔細將信貼身藏好，這才長長舒了口氣。

任天翔不再理會王哥，抱頭躺了下來，一副聽天由命的模樣。他相信，只要這封按特殊順序編排的信函能交到季如風手中，憑義安堂智囊的智慧就一定能破解，並按照自己的指示作出相應的行動。現在能做的一切都已經做了，剩下就只是向祖師爺祈禱。

第二天剛入夜，在任天翔正似睡非睡的時刻，牢房外隱約傳來一點微不可察的窸窣聲，令任天翔霍然驚醒，自從初窺《心術》門徑以來，他的聽力也比往日敏銳了許多。那窸窣聲聽起來像是狸貓在附近掠過，但任天翔知道，那不是狸貓。

外面傳來狸貓發情時的呼叫，像嬰兒夜哭。兩個正喝得半酣的獄卒被吵得心煩意亂，其中一個不由罵罵咧咧地起身出門去驅趕。

牢門剛一打開，他就感覺肋下一麻，不由自主軟倒在地。聽到他倒地的身影，另一個獄卒不由笑道：「這麼快就醉了？真他媽沒用。」說著起身過去查看，隨之過去剛要攙扶，就見一個黑衣人從後方悄然出手一點，他也就應聲倒地。

緊接著，兩個黑衣人扶起昏迷不醒的獄卒，將二人伏案放在桌上。一個黑衣人摸出獄卒身上的鑰匙打開牢門，對任天翔低聲道：「季先生收到了公子的密函，特派我倆前來接公子。」

「沒有驚動人吧？」任天翔邊說邊脫去衣褲，少時便脫得只剩下內褲。

「沒有！」說話的是任俠，他指著同伴道，「這是郝兄弟，跟你身材相貌差不多。」

「郝兄弟」名叫郝嘯林，是幾名墨士中與任天翔身材相貌最接近的一個，就見他已經脫下夜行服，匆匆換上任天翔的衣衫，然後像任天翔那樣，將頭上的長髮披散下來，遮住了大半個面孔。

任天翔換上他的夜行服，然後幫他整理了一下頭髮衣衫，最後滿意地點點頭：「委屈兄弟一夜，只要你不開口不露臉，沒人看得出來。」

鑽出狹小的監室，任天翔依舊將牢門鎖上，將鑰匙放回獄卒懷中，這才隨任俠悄悄出門而去。

二人悄然來到牢房外，在任俠的幫助下翻過兩道高牆，最後終於安然來到大理寺府衙後面的小巷。就見一輛馬車早已等在那裏，待二人鑽入車中，馬車立刻疾馳而去。

「現在是什麼情形？」任天翔匆匆換下夜行服，換上車中準備的衣衫。

「現在形勢對公子很不利。」季如風憂心忡忡地道，「聖上下旨召安祿山進京，安祿山拒不遵旨，反相已顯，所有與安祿山交厚的官吏人人自危，有不少人已爭先恐後交出與安祿山往來書信和禮物，以求與之劃清界限。除此之外，高仙芝告你勾結石國叛逆，致使安西軍恒羅斯大敗，御前侍衛中有人指證你假公濟私盜劫秦始皇陵，更有謠言風傳你與石國叛將突力交情非淺，你與他的逃逸脫不了干係。以楊國忠為首的朝臣均立主治你死罪，若非哥舒將軍和太子殿下暗中保你，只怕這會兒你已被定罪服刑。」

任天翔沒有太吃驚，仔細整理好衣衫，梳理好頭髮，又用汗巾擦乾淨臉上的污穢後，這才問：「我要的東西準備好了？」

季如風從懷中拿出一疊錢票：「十萬貫通寶錢票，現在義安堂還是蕭堂主主事，我能準備的就這麼多了。」

任天翔理解地點點頭，接過錢票收入懷中，輕聲道：「去韓國夫人府。」

韓國夫人府邸是長安城有名的交際場所，每每三日一小宴，五日一大宴，門前車馬即便到深夜也是絡繹不絕。這日韓國夫人正像往日那樣在府中大宴賓朋，就見門房進來稟報：「門外有新客到，這是他的拜帖。」

韓國夫人正酒意半酣，示意身邊的丫鬟接過拜帖，她邊展開帖子邊醉醺醺地自語：「是誰這會兒才來？真好大的架子。」

待看清拜帖上的名字，她的酒意一下就醒了大半，神情怔忡地愣了半晌，這才對門房吩咐：「帶他到偏廳等我！」

匆匆來到僻靜的偏廳，韓國夫人摒退左右，這才開門而入，就見廳中果然是當年長安城有名的紈褲，此刻就見他臉上依舊掛著懶懶的微笑，風采一如往昔。

「你……你不是已經下了大獄？怎麼會……」韓國夫人如見鬼魅，驚訝得說不出話來。

「我確實已被關入大理寺大牢，所以特意來求夫人相救。」

「你……你到底是人是鬼？」

「我當然是人。」任天翔微微笑道，「這中間細節容後再向夫人稟報。我今晚冒險來見夫人，是想求夫人看在咱們過去合作關係的份上，幫個小忙。」

韓國夫人驚魂稍定，連連搖頭：「現在是我兄長要你性命，我憑什麼要幫你？再說，以你現在的罪名，只怕天王老子也救不了。」

「謀事在人，成事在天，不試試怎麼知道？」任天翔笑道，「相爺要殺我，那是因為我得罪了他。我可沒得罪夫人，相反，還給夫人帶來了莫大的利益。我要死了，夫人不僅斷了陶玉這條財路，而且我欠夫人的那筆鉅款也就煙消雲散，不知相爺會不會賠償夫人？」

韓國夫人一聲冷哼：「他比我還貪財，怎會白白拿出錢來賠我？」

從韓國夫人眼中的憤懣，任天翔已能感覺到楊家兄妹也並非鐵板一塊，他們都有各自的利益，如果能準確把握住其中的規矩，不愁沒有機會。任天翔信心倍增，上前一步低聲道：「夫人可知令兄為何要殺我？」

見韓國夫人眼中有了好奇，任天翔這才嘆道：「那是因為我不願將始皇陵中盜得的寶貝拱手相送，所以令兄才羅織罪名，給我施壓。」

韓國夫人恍然大悟：「原來你真盜了皇陵？你……你也太大膽了！那些寶貝，你藏在了哪裡？」

看到韓國夫人眼中那貪婪的微光，任天翔就知道自己已經勾住了這個女人的心。

他故作神秘地悠然一笑：「一個安全的地方，除了我，沒第二個人知道。」說到這，他重重嘆了口氣，「現在我面前有兩條路，要麼帶著這個秘密進墳墓，要麼將那些寶貝獻給相爺保住性命。不過如果夫人肯幫我，也許我還有第三條路。」

韓國夫人忙問：「什麼路？」

「一條與夫人共同發財之路。」任天翔微微一笑，從懷中拿出那疊錢票，「為了表示我的誠意，我先給夫人十萬貫見面禮。如果我能平安脫罪，必定另有厚報。」

即便是奢華慣了的韓國夫人，聽到十萬貫之數也是驀然睜大了眼珠。心中暗忖：出手就十萬貫，這小子究竟從始皇陵中盜得多少珍寶？想到這，她再不猶豫，一把接過錢票草草點了點：「說吧，要我如何幫你？」

任天翔低聲道：「我想求夫人給貴妃娘娘送一封信，並在娘娘面前為我求情。要想從相爺手中救下我的性命，只怕這世上也只有貴妃娘娘了。」

韓國夫人微微頷首：「不錯，只要我妹妹肯救你，就是我兄長也無可奈何。不過，你憑什麼認為僅你一封信，就能讓我妹妹不幫兄長卻來幫你？」

任天翔無奈嘆道：「我現在是走投無路，只好賭上一賭。我畢竟是娘娘親口認下的弟弟，也許娘娘會憐憫我也說不定。」

韓國夫人想了想，頷首道：「好，我幫你送這封信。不過信中不能有落款，更不能有任何曖昧之詞。外臣與皇妃私通信函，這歷來是朝廷大忌，我可是擔了不小的風險。」

任天翔忙道：「我心中有數，決不會落人把柄。」

韓國夫人道：「那好，你寫好我先過目，沒有問題我才替你送。」

任天翔從懷中拿出一塊半新不舊的手帕，那是他特意讓小薇從自己舊衣物中找出來的東西，上面還帶有洗不淨的血跡，他將手帕在桌上展開，然後就著廳中的硯臺研墨提筆，對著手帕凝思半晌，最後只寫下四個大字——姐姐救我！

待墨跡微乾，任天翔將手帕交給韓國夫人道：「就請夫人親手將它送到娘娘手中。」

韓國夫人皺眉接過手帕，想不通這小子就憑這四個字，而且還是寫在一塊污穢骯髒的舊手帕上，就敢拿去送給貴妃娘娘。

她不知道這塊手帕是當年任天翔捨命替楊玉環擋刀，身負重傷之時，楊玉環情急之下用自己的手帕為他止血，不小心落在了他那裏。任天翔鬼使神差將之保存了下來，沒想到今日竟派上了用場。

「你回去等我消息，我明日一早就進宮面見娘娘，將你的信親自送到她手中。」韓國夫人說到這頓了頓，「不過娘娘會不會救你，我可不敢保證。」

任天翔點點頭：「無論娘娘救不救我，我都要多謝夫人的援手之恩。」

從韓國夫人府告辭出來，任天翔悄然登上馬車，對趕車的任俠低聲吩咐：「依舊送我回大理寺監獄，現在咱們就只有聽天由命了。」

看在錢的份上，韓國夫人第二天起了個大早，驅車直奔大明宮。

她是貴妃娘娘至親，與皇上也有交情，因此出入宮闈幾乎不用通報。在內侍的帶領下，她徑直來到貴妃娘娘所居之所，進門就見貴妃娘娘神情專注陶醉，正在院中獨自撫琴，一個舞姬隨著琴聲在翩翩起舞，但見她舉手投足間那種飄然出塵的柔美瀟脫，直讓人懷疑她便是為舞而生的精靈。

韓國夫人不敢打攪娘娘的雅興，便在門廊下靜靜而立，但見娘娘的琴聲時而舒緩柔美，時而疾如飇風，那舞姬的身姿便隨著音樂的節奏而動，與音律配合得天衣無縫。直到貴妃娘娘琴聲戛然而止，她急速旋轉的身姿才應聲而停，猶如最美的雕塑般紋絲不動。

周圍伺候的宮女內侍情不自禁紛紛鼓掌叫好，就聽貴妃娘娘也讚嘆道：「奴家這曲百鳥朝鳳，也唯有阿蠻才能領悟其神髓，演繹得淋漓盡致。」

那舞姬起身拜道：「多謝娘娘誇獎，也是娘娘彈得精彩絕倫，阿蠻才能完全沉浸於音律之中，完全忘乎所以。」

貴妃娘娘鳳目微嗔道：「說了多少次，你我姐妹，不必如此多禮。」

廊下佇立良久的韓國夫人趁機陪笑道：「謝大家不必謙虛，你的舞姿與娘娘的琴音堪稱珠聯璧合，天衣無縫，實在是令人嘆為觀止。」

楊玉環這才注意到韓國夫人，連忙令宮女看座，笑問：「姐姐怎麼有空一大早就來看我？」

韓國夫人壓低聲音問：「娘娘在宮中研琴習舞，可曾留意最近朝中發生的大事？」

楊玉環皺眉道：「奴家最煩凡塵俗事，除非是聖上主動說起，奴家從來不問。究竟是什麼事，竟讓姐姐如此掛懷？」

韓國夫人看看左右，卻不開口。楊玉環醒悟，忙吩咐道：「侍兒，快請夫人屋裏看茶。」

侍兒連忙答應，將韓國夫人領進屋裏。那舞姬起身要走，卻被楊玉環叫住：「阿蠻別走，待會兒我還要向你學那個下腰轉身的舞姿呢。」

謝阿蠻連忙答應，便在庭前歇息等候。

卻說楊玉環進得屋裏，摒退左右，這才問：「什麼事這麼神秘？」

韓國夫人小聲問：「不知妹妹跟那御前侍衛副總管任天翔……可還相熟？」

楊玉環莞爾道：「他是我乾弟弟，聖上御口親封的國舅，當然熟悉了。他怎麼了？我好像有很久沒有看到他了，聽說他外出公幹，難道一直都還沒回來？」

韓國夫人見楊玉環這樣說，才將任天翔那封手帕信拿出來，壓著嗓子低聲道：「他下獄了，已經在大理寺被關了快兩個月。妹妹不問政事，所以連這等大事都不知道。」

「什麼？這是怎麼回事？」楊玉環十分驚訝，急忙追問，「為何下獄？是遭何人彈劾？」

「還不是咱們那個貪財的大哥。」韓國夫人連忙添油加醋，將楊國忠借高仙芝告狀的機會，欲將任天翔置於死地的經過草草說了一遍，最後，她將那封手帕信遞到楊玉環手中，「任副總管讓我將這個交給你，說你也許可以救他。」

楊玉環接過手帕，一眼就認出這是當初為任天翔包紮傷口的舊物，沒想到他還一直保存著。她不由想起與那個少年在驪山太真觀外的偶遇，以及後來他為自己捨命擋刀的情形，心中不由泛起一絲暖意。

待看清手帕上那四個大字，她的心就像被什麼東西擊中，迸發出一種天然的母性，不由分說拉起韓國夫人就走：「走！快隨我去見聖上！」

在庭中等候的謝阿蠻見楊玉環神情焦急地開門而出，正要上前請安，楊玉環已經拉著韓國夫人急匆匆而去。

謝阿蠻從未見過貴妃娘娘如此失態，正在奇怪，突見地上掉落一塊手帕，似乎是從貴妃娘娘袖中掉出，她撿起手帕正要追出去，卻見貴妃娘娘已經走遠。

見手帕上有未洗淨的血跡，她好奇將之展開，看到手帕上那四個大字，她先是有些奇怪，繼而似有所悟，跟著就認出來那曾經熟悉不過的筆跡。她渾身如遭雷擊，心中那塵封已久的一段感情，猶如潮水般噴薄而出，就像是發生在昨天一樣清晰。

她身形搖搖欲倒，以至於一旁的侍兒連忙攙扶著她問道：「阿蠻姐你怎麼了？」

「沒……沒事……」謝阿蠻強自鎮定下來，貌似隨意地問，「娘娘這是怎麼了？」

侍兒方才送茶進去，無意間聽到了隻言片語，忙壓低聲音道：「好像是任大人被下了大獄，就要被聖上處斬。外面都傳遍了，就宮裏還不知道。」

謝阿蠻「啊」了一聲，面色剎那間變得煞白，忙問：「他……他犯了何事？」

侍兒皺眉道：「我也不是很清楚，好像是勾結外邦還有叛亂什麼的。」說到這，她壓低聲音湊到謝阿蠻耳邊，「聽說是楊相國要殺他。唉，這麼機靈的人，得罪誰不好，偏偏得罪當朝最有權勢的國舅爺，這回恐怕連娘娘也未必救得了他了。」

謝阿蠻臉色越發蒼白，像逃一般奪門而出，一路小跑回到自己所居的內教坊，回到自己的住處，她砰一聲關上房門，心情才稍稍平復了一點。

失魂落魄地來到銅鏡前，她打量著鏡中那張依然還有些陌生的臉，輕撫著這張美豔得有些不真實的面龐，那感覺就像是在撫摸著另一個人。她不得不承認那個儒雅俊美得近乎妖異的男子，果然有著通神的能力，他那富有磁性的低沉嗓音，也像是帶有某種神奇的魔力。

「從今天起，雲依人將不再存在，你現在叫謝阿蠻。」他的聲音猶如夢囈般在她的耳邊迴響，「如果不能嫁給自己所愛的人，那就乾脆嫁給這個世界最有權勢的人。我會將你送到他身邊，並教會你如何把握到他的弱點，讓他成為你的裙下之臣。」

臉上的紗布一層層揭開，耳根和臉頰後方刺入穴道深處的銀針也慢慢被拔了出來。雲依人睜開幾乎被蒙蔽了一個月的眼眸，然後就在鏡子中看到了一張美得驚人的面龐，令她目瞪口呆，直懷疑自己是否身在夢中。

「你看，我沒有騙你。」那神秘的男子俯身在她耳邊悄然低語，「我給了你一張全新的面容，也給了你一個全新的身分。這一切皆是源自一個古老門派的秘術之恩賜，現在，該是你履行諾言，回報它的時候了。」

「你要我做什麼？」雲依人魂不守舍地問。

「你要努力成為天下最有權勢的女人。」那男子嘴邊泛起一絲神秘的微笑，「我將教會你如何察言觀色，如何從別人的眼睛看到他的內心，我還將教會你如何與各種各樣的人打交道，讓你在任何險惡的環境下皆能遊刃有餘。」他頓了頓，眼中突然煥發出一種神聖而殷切的光芒，「我要讓你成為一朵最耀眼的千門之花！」

他沒有誇誇其談，接下來的一個多月，雲依人進入了一個她從未見過、甚至從未聽過的神秘世界，那是一個以陰謀詭計為榮，以爾虞我詐為傲的世界，各種心計手段層出不窮，各種花招智謀令人防不勝防。

在接受了一個多月的言傳身教後，他將她帶到了長安，然後一切就像是自然而然的巧合和命運的安排，她終於來到了這個世界最有權勢的男人身邊，甚至不用使出任何小手段，就已經讓那個男人為自己動心。

但在最後那一刻，她猶豫了，不僅是因為內心深處的抗拒，也是因為她本該視為情敵的女人，竟將她當成了知音和最信任的姐妹，令她無法做出背叛之舉，只能在那個最有權勢的男人和最有權勢的女人之間，小心保持著一種微妙的平衡。

但是現在這個平衡被突如其來的變故打破，她第一次感覺心煩意亂。那個已經死去的身分，似乎又像在她心中活了過來。

你叫謝阿蠻，不叫雲依人，跟那個小混蛋再沒任何瓜葛。那個叫雲依人的傻姑娘早已經死了，那小混蛋現在是生是死，都跟你再沒任何關係！

謝阿蠻不斷在心中提醒著自己，但看到手帕上那四個大字，她情不自禁地產生了一種幻覺，似乎聽到那小混蛋是在向自己求助。雖然明知這塊手帕是送給貴妃娘娘而不是送給自己，但謝阿蠻心中還是不由自主產生了這樣的錯覺，令她心中最隱秘最柔軟的那根心弦，被這四個字輕輕撥動，令她又是酸楚，又是心痛。

在房中茫然地徘徊了幾個來回後，她終於一咬牙，在心中無奈哀嘆：最後一次，你最後再做一次雲依人。

毅然開門而出，謝阿蠻輕聲招呼：「迎娘！」

一個十七八歲的少女立刻應聲來到跟前，屈膝拜道：「師傅有何吩咐？」

謝阿蠻捋捋腮邊鬢髮，努力克制著心中的激動，緩緩道：「你讓內侍去稟報聖上，就說為師新編了一曲飛天舞，敬請聖上親臨指導。」

迎娘是謝阿蠻最寵愛的弟子，深得她的舞技真傳，卻也從來沒有見過師傅跳過什麼飛天舞。她心中有些奇怪，不過也沒有多問，立刻領令而去，讓內侍去請皇上。

謝阿蠻到房中找出一匹彩緞，將之縫製成兩條長長的彩帶，然後令內侍搭起梯子掛到房梁之上。當她將彩帶纏到手臂之上時，一種熟悉感覺油然而生，令她有種翩然飛天的衝動。她強壓下這種衝動，試了試彩帶的結實程度，然後回到房中，開始對鏡梳妝。

在忐忑中等待了好幾個時辰，終於聽到外面傳來高力士公鴨般沙啞的聲音：「聖上駕到！」

謝阿蠻起身出門相迎，就見皇上滿臉陰霾負手而來，不等眾人請安便擺手道：「平身，讓朕看看你新編的飛天之舞。」

「遵旨！」謝阿蠻應聲而起，緩步來到大廳中央，將兩根彩帶纏在手臂之上。音樂隨之緩緩而起，她隨著音樂的節律輕盈地助跑兩步，赤足在地毯上一點，身體立刻飄然離地，猶如御風飛翔的仙子凌空而起。

一旁侍候的內侍和眾多教坊弟子，不約而同發出一聲驚嘆，他們還從未見過這種飄然出塵的舞技，就連李隆基的目光也為之吸引，一顆心不由自主隨著那翩然如仙的舞姬向上飛升。

就見那個空中的舞姬猶如飛天的精靈，隨著音律在空中翩然起舞，時而彩帶飄飄御風飛行，時而如展翅飛鳥般掠過眾人頭頂。眾人既目醉神迷又心懸一線，生怕她在彩帶上換手騰空之時，失手摔落下來。

直到一曲終了，她如飛鳥歸巢般翩然落地，眾人懸著的心也才隨之落地，情不自禁爆出熱烈的掌聲。李隆基臉上陰霾也是一掃而光，擊掌讚嘆：「好！果然不愧是飛天之舞，堪稱天下無雙。」

「多謝聖上誇獎！」謝阿蠻連忙拜倒，臉不紅氣不喘地從容謝恩。

「阿蠻快快請起！」李隆基親手攙扶，當握住那雙既纖秀又結實的手時，感覺對方稍稍縮了縮，卻沒有像以前那樣毅然抽回。李隆基有點意外，抬眼望向謝阿蠻眼眸，就見對方也沒像往日那樣低頭躲閃，而是大膽的迎上自己火辣辣的目光，眼中飽含期待。

李隆基愣在當場，直到身後高力士小聲呼喚，他才恍然醒悟，忙在謝阿蠻手心悄悄一捏，這才依依不捨地放開道：「阿蠻這一曲飛天舞，令朕嘆為觀止，該怎樣賞你，才能表達朕內心的激動呢？」

謝阿蠻嫣然一笑：「聖上的誇獎就是最好的賞賜。」

李隆基哈哈大笑，意味深長地道：「朕一定要給你一個特別的賞賜，足以令全天下所有女人都嫉妒。」

謝阿蠻腮邊飛起兩朵醉人的紅暈，屈膝拜倒：「謝聖上隆恩！」

待皇上離去後，迎娘等人不禁議論紛紛，相互打探：「你說，聖上會賞賜師傅什麼東西？能讓天下女人都嫉妒？」

「不知道，也許是高句麗新進貢的珠寶吧，要不就是像貴妃娘娘所穿的那種彩緞。」有天真的宮女在揣測。

只有謝阿蠻清楚，在皇帝眼裏，他的恩寵才是令全天下女人都嫉妒的賞賜。顯然他未必知道，並不是所有女人都如此認為。不過謝阿蠻並不打算讓他明白這點，而是要讓他以為自己像全天下所有女人一樣，會因皇帝的恩寵而欣喜若狂。

「都閉嘴！」謝阿蠻止住了眾人的揣測，淡淡吩咐，「給我準備浴湯，我要沐浴更衣。」

第十二章

任天翔聞言不禁愣在當場，

剎那之間便明白了自己被通緝被抄家，

親人朋友全都被下獄的真正原因。

聖上是故意要讓天下人以為自己因被朝廷問罪而心生怨恨，

然後順理成章投奔安祿山，借機抓捕甚至刺殺安祿山。

今晚的夜色似乎來得有些早，初更剛過，謝阿蠻正在自己繡房中忐忑不安、對鏡梳妝，就聽門外傳來一陣小小的騷動，跟著是迎娘在門外小聲稟報：

「師傅，高公公……來了。」

高公公就是高力士，是當今聖上最為信任的心腹，所有重要或隱秘之事皆由他操辦。謝阿蠻心如鹿撞，整了整鬢髮，平復了一下心情，這才開門而出。

就見高力士在門外用有些討好的語氣小聲道：「聖上日間看了謝大家飛天之舞，嘆為觀止，回去後，情不自禁新譜一曲相和。如今新曲已成，聖上特差老奴前來請謝大家先聽為快。」

雖然以前聖上心血來潮，也曾召內教坊樂師舞姬深夜飲宴伴舞，但像這樣只傳自己一人，而且派心腹高力士親自相請，卻是極其罕見。

以前偶爾遇到這種情況，謝阿蠻總是託病推辭，或令迎娘去請貴妃娘娘同往，令聖上十分尷尬，兩三次後，聖上也不好意思再來相邀，不過今日他從謝阿蠻眼中看到了希望，所以再次差高力士前來。這次謝阿蠻沒有再猶豫，只道：「請高公公帶路。」

小轎在宮中穿行，最後停在了一座僻靜雅致的偏殿。

謝阿蠻下轎後，發現不是聖上寢宮，心中稍感安慰。隨著高力士進得殿門，就見殿中設有兩桌雅致酒菜，聖上正獨坐相候。見她進來，連忙招手道：「阿鑾免禮，朕早已等候多時。」

「多謝聖上賜宴。」謝阿鑾謝恩後，跪坐到席前，二人雖是各坐一席，卻相隔不到一丈，這個距離已經逾越了君臣之間應有的規矩，令謝阿鑾頗有些不自在。

「今日看了阿鑾飛天之舞，令朕心旌搖曳，情不自禁新譜一曲相和，特請阿鑾先聽為快。」李隆基顧不得喝酒，向高力士略一示意。

高力士連忙將一具瑤琴奉到他的面前，就見他雙手撫琴略一調息，便信手而彈。就聽舒緩的琴音像清泉般在殿中徐徐流淌，猶如天籟之音。

琴聲令謝阿鑾的心情漸漸平靜下來，漸漸沉浸其中，直到忘乎所以。從琴音中，她似乎看到有仙子凌空御風飛行，時而輕盈如風，時而婉約如雲，在廣袤無垠的天籟深處，留下了一段曼妙多姿的身影。

少時琴音漸孏，猶如仙子飛入雲海深處，漸漸不知所蹤。謝阿鑾不禁屏息凝神，似不忍打破這天籟深處的寧靜。直到李隆基推開瑤琴，她才恍然回神，就聽李隆基喟然輕嘆：「這曲草草而就的《飛天曲》，實不足以表現阿鑾飛天之舞的曼妙神奇。」

謝阿鑾不得不承認，聖上確實是個驚才絕豔的風流皇帝，即興之曲也能演繹得如此動人心弦。她連忙讚道：「聖上實在太過謙虛，阿蠻從沒見過一個樂師能達到聖上的境界。」

李隆基呵呵笑道：「你若喜歡，明日就讓教坊樂師練習，以配愛卿妙絕天下之飛天舞。」

「多謝聖上！」謝阿蠻連忙大禮拜謝。

李隆基上前親手扶起，目光灼灼地望著她的眼眸柔聲道：「愛卿之舞，與朕之曲乃世間絕配，這莫非就是世人所說的緣分？」

謝阿蠻滿臉紅暈，心中大窘，偷眼打量左右，才發現高力士不知何時已悄悄離去，殿中就只剩下自己與皇上二人。

她緩緩閉上雙眼，耳邊隱約響起那個亦師亦友的儒雅男子那似有魔力的聲音——若不能嫁給所愛的人，那就嫁給全世界最有權勢的人吧。

感覺男人的氣息撲面而來，跟著是一張毛茸茸的嘴湊上了自己的雙唇。謝阿蠻強令自己放鬆，不躲不閃，任由那張嘴在自己臉上吻了個遍。

「蠻兒，你簡直是雲中的仙子，能遇見你，實在是朕三生之幸。」李隆基如夢囈般在謝阿蠻耳邊呢喃，輕輕將她從地上抱起。

他的胳膊已不如年輕人強壯，但依然勉力將她抱向後堂。躺在鋪著厚厚錦被的繡榻上，謝阿蠻放鬆全身，閉上雙眼，任由那個老人喘著粗氣在自己臉上狂吻。她努力想要忘掉自己的身體，忘掉一切不快的感覺，但委屈的淚珠還是情不自禁奪眶而出。

老人突然停了下來，粗重的喘息漸漸平復下來，他翻身離開繡榻，索然無味地整理著略有些凌亂的衣袍。

謝阿蠻突然想起自己的使命，急忙翻身拜倒：「聖上息怒，恕阿蠻不知應對，令聖上掃興。」

李隆基哼了一聲，淡淡問：「你為何要勉強自己？」

謝阿蠻無言以對，就聽李隆基緩緩道：「你不是愛慕榮華富貴的女人，你曾經拒絕過朕三次，是什麼原因令你突然改變，甚至主動挑逗朕？」

見謝阿蠻僵在當場，李隆基冷哼道：「不要當朕是傻瓜，欺君可是殺頭的罪名。」

謝阿蠻惶然拜倒，顫聲道：「阿蠻只是……只是想求聖上一件事，所以才……」

李隆基沉吟道：「若是尋常之事，你只要開口，朕多半都會答應。你所求之事非比尋常，所以才不惜勉強自己？你究竟所求何事？」

謝阿鸞躊躇良久，聲如蚊蟻道：「阿蠻聽說任天翔大人被下了大獄，他曾經對阿蠻有恩，所以……」

「所以你就不惜以身相報，為他求情？」李隆基勃然大怒，「為何你們這些女人都要為他求情？玉環是這樣，玉真也是這樣。玉環為他求情還情有可原，畢竟那小子救過玉環性命，你又是為什麼要替他求情？」

謝阿鸞遲疑良久，方吶吶道：「阿鸞能入宮侍奉皇上和娘娘，全是拜任大人所賜，阿鸞感念他的恩情，不忍見他英年早逝，所以才大膽向聖上求情。」

李隆基深盯了跪在面前的謝阿鸞半晌，終於緩緩道：「好，朕答應你，不殺任天翔，你起來吧。」

「真的？」謝阿鸞有些將信將疑。

李隆基怫然不悅道：「君無戲言，難道你還不信？」

「阿鸞不敢！」謝阿鸞急忙拜倒，「聖上金口玉言，阿鸞豈敢懷疑。」

李隆基悻悻地輕哼了一聲，丟下滿面惶恐的謝阿鸞，獨自拂袖而去。

直到他離去了很久，謝阿鸞才慢慢站起身來，心中七上八下，不知聖上的許諾是否真能兌現。回想方才發生的一切，更恍然是在夢中。

「聖旨到！」

突如其來的高呼，將任天翔從睡夢中吵醒，迷迷糊糊睜眼望去，就見一名內侍已來到牢中，正手捧聖旨準備宣讀。

他慌忙翻身拜倒，就聽那內侍朗聲道：「宣待罪之臣任天翔入宮面聖。」

糊裡糊塗被幾名內侍帶出牢門，坐轎來到宮中，接著沐浴更衣，換上朝服，煥然一新之後，終於被幾名侍衛和內侍帶進玄武門，最後來到皇上時常召見朝臣的勤政殿。但見殿中僅有皇上居高而坐，身旁除了幾名內侍再無旁人。

任天翔連忙上前拜倒，高呼：「待罪之臣任天翔，叩見吾皇萬歲萬歲萬萬歲！」

李隆基冷眼上下將他打量半晌，直看得任天翔心中發毛，這才開口問道：「真不知你這小子究竟有何特別之處，竟這麼有女人緣，能令這麼多女人為你求情。」

任天翔一聽這話，再看皇上眼中神情，便知自己已無性命之憂。心中一塊石頭落地，他立刻又恢復了本來的面目，嘻嘻一笑：「微臣並無半點特別之處，只是比較忠厚老實而已。」

「你忠厚老實？」李隆基啞然失笑，「這是朕聽到過的最大笑話。」

見皇上一掃滿臉陰霾，任天翔越發放心，陪笑湊趣道：「多謝聖上讚賞，只要聖上開心，微臣願每天都給聖上說上一段笑話。」

李隆基好奇地打量著任天翔，見他雖然被關了近兩個月，朝中沸沸揚揚要殺他的頭，他卻一點不見頹喪，尤其精神面貌似乎比以前更加有神采。卻不知這是任天翔在獄中修身養性，初入《心術》門庭後的自然表現。

李隆基奇道：「在牢中關了兩個月，你好像一點也不擔心？」

「微臣對聖上忠心耿耿，問心無愧，有什麼可擔心的？」任天翔笑道，「聖上的英明，微臣早有領教，所以一點也不擔心自己被冤枉。」

「冤枉？盜竊皇陵是冤枉？私通石國太子是冤枉？親自護送安祿山出城也是冤枉？」李隆基一聲冷哼，「這任何一樁罪，都足夠將你腦袋砍過三回。要不是有玉真玉環還有謝阿蠻這些人為你求情，你這顆腦袋早就已經不穩當了。」

任天翔連忙分辯：「我跟石國太子結交時，他還沒有叛唐，我哪知他後來會與大唐為敵？我送安祿山出城，那是因為聖上已經許他離京，我才……」

「行了，你不用再分辯。」李隆基打斷了任天翔的話，悠然問，「你被關了兩個月，朕一直沒治你的罪，你知道是為什麼？」

任天翔飛快地掃了皇上一眼，就這一眼對方所有眼神、神態、習慣性動作等等全都印在了任天翔心中，然後進行快速的分析和歸納，心術就是要在最短時間內收集盡可能多的資訊，然後從這些資訊中尋找表象之下的規矩，並依照這些規矩做出準確的判斷。

「聖上……其實並沒有打算要殺我，將我問罪其實是另有深意？」任天翔大膽說出了心中的推斷。

「你果然有點小聰明。」李隆基有些驚訝，「看來朕果然沒有看錯你。」說著他長身而起，緩步來到任天翔面前，「朕前不久下旨召安祿山進京，他藉口邊關戰事緊迫，公然抗旨，令朝中震動。現在不光有相國為首的朝臣認為安祿山欲反，就連邊關，也有朔方節度右兵馬使郭子儀密奏安祿山正秣兵厲馬，令人不安。」

李隆基略頓了頓，輕嘆道：「朕原本也對安祿山起了疑心，但近日他卻獻上了叛亂造反的契丹眾匪酋的頭顱，以表忠心。現在朕心中頗為為難，既擔心安祿山本無反意，卻被朝中重臣的懷疑嚇得不敢來京，最終被逼造反；又怕他真有反心，朕卻毫無準備。」

任天翔見皇上憂心忡忡地望向了自己，他只得硬著頭皮表態：「聖上有何差遣，微臣必竭盡全力，為聖上分憂。」

「你有這心，朕很高興。」李隆基說著，拍了拍任天翔肩頭，「現在朕要交給你一個秘密使命，希望你不辜負朕之重託。」

任天翔忙道：「多謝聖上信任，不知是何使命？」

「你以個人身分去范陽，無論用什麼辦法，將安祿山帶回長安。」李隆基說到這略頓了頓，「若不能帶來長安，又發現他有反意，可秘密處決。」

任天翔聞言不禁愣在當場，剎那之間便明白了自己被通緝，被抄家，親人朋友全都被下獄的真正原因。聖上是故意要讓天下人以為自己因被朝廷問罪而心生怨恨，然後順理成章投奔安祿山，借機抓捕甚至刺殺安祿山。

聖上將自己所有親朋好友皆抓起來，顯然是有以他們為人質的意思。但是范陽是安祿山的老巢，他在那裏不啻就是皇帝，要想抓捕或是刺殺他，恐怕是難如登天。

「朕知道這事有點困難，」李隆基像是看透了任天翔心思，語氣稍軟道，「不過朕知道，你身邊有不少有能耐的江湖朋友，而且義安堂跟你也是淵源深厚，有他們幫助，你並不是完全沒有機會。事成之後，你不僅可以官復原職，朕還將封你爵位，子孫世襲罔替。」

「臣……遵旨！」看到聖上堅定的眼神，便知這是不可更改的命令，任天翔只得硬著頭皮先答應下來。

「朕不會給你任何官方憑據，而且還會削去你一切職位。」李隆基淡淡道，「你若是失手，那就只是你個人行為，跟朝廷跟朕都沒有任何關係。這是一道只有天知地知你知我知的密令，你可明白？」

任天翔點點頭：「我懂！」

「很好！你儘快去準備，朕會讓嚴總管暗中為你提供方便。」李隆基說著，回到自己的座位，端起茶杯道，「朕在這裏等候你的佳音。」

任天翔遲疑道：「我的家人和朋友，不知聖上打算怎樣處理？」

李隆基淡淡道，「你那些朋友，像什麼祁山五虎之流，或是幫你盜墓的義安堂中人，若是交由刑部詳查，必有案底在身。不過朕不會為難他們，只要你盡心為朕辦事，他們以前的事皆可既往不咎，只是你得保證他們不會離開長安。你可以將這當成是交易，在你回來之前，朕會讓人暗中照顧他們，決不讓他們受到半點委屈。」

任天翔知道，這就相當於是作為人質軟禁在長安，自己若不去范陽，朝廷便要將他們當疑犯審訊，屆時不光強盜出身的祁山五虎等人不能倖免，就是義安堂和洪勝幫恐怕也有大批人會入獄。雖然他對這種交易心有不滿，但也只能謝恩而退。

離開大明宮後，任天翔依舊被送回大理寺。然後在第二天就被大理寺審訊，並因私通敵國和辦事不力而被抄家撤職，從此削職為民。

由於有聖上的授意，審判便只是一個程序，三天後，任天翔離開大理寺監獄來到外面長街，站在熙熙攘攘的街頭，恍然有種隔世之感。

「公子！」早已等在外面的小薇，立刻撲了過來，卻又在任天翔跟前剎住，眼裏飽含淚珠打量著他，哽咽道，「你……瘦了！」

「我又不是豬，瘦點胖點有什麼關係，用得著哭嗎？」任天翔忍不住開了句玩笑。

小薇破涕為笑，嗔道：「我看公子還沒被關夠，還這麼滿不在乎。」

見季如風等人等在一旁，任天翔不好再跟小薇多開玩笑，忙過去登上馬車，吩咐道：「先回去好好洗個澡，我都快讓蝨子將血吸乾了。」

任天翔自己的宅子已經被查抄，只能去義安堂落腳。還好當年自己的房間還在，稍稍整理下就能住人。

一個時辰後，任天翔梳洗完畢，換上一身新的錦袍，就見外面已經有不少人在等候，卻是多時不見的小澤、祁山五虎和褚剛等人，其中也有自己的妹妹和妹夫。見他出來，眾人紛紛上前問候道賀，一時間熱鬧非凡。

大堂中早已為眾人排下酒席，以慶祝任天翔平安出獄。在眾人看來，任天翔雖然被削去官爵，但好歹保住性命，恢復了自由，也算是不幸中的萬幸。

大家多日未見，自然是開懷暢飲，沒多久便大半醉倒。不過任天翔心中有事，因而努力克制，這才一直保持清醒。

季如風看出他一直心事重重，便早早令人結束酒宴，然後跟他來到後堂，這才開口問：「我看公子眉目中有愁雲，想必這次牢獄不是像表面上那麼簡單吧？」

任天翔點點頭，將皇帝的密令以及自己被下獄的前因後果草草說了一遍，最後問：「先生怎麼看？」

季如風皺眉道：「若安祿山真有反心，這倒不失為一個良策，只是范陽乃安祿山老巢，公子要在那裏抓捕或刺殺安祿山，只怕難如登天。」

任天翔重重嘆了口氣：「誰說不是？但現在我已別無它途，唯有硬著頭皮去范陽。先生有什麼好主意？」

季如風手撚髯鬚沉吟道：「咱們應作兩手準備，公子一面帶人去范陽，相機行事，另一方面則留心腹在長安暗中策劃。若是范陽順利也還罷了，若沒有機會，公子也不要勉強，還可以另外想辦法將你的朋友弄出長安，免得受到牽連。」

任天翔點點頭：「我也是這樣考慮。我想留季先生在長安，萬一我在范陽失手，你就想辦法將他們帶到安全之處，他們就拜託先生了。」

季如風忙道：「公子放心去吧，我會傾盡義安堂之力，保護好你的朋友。」說到這，他突然想起一事，「對了，你的那個東瀛朋友小川，還有你的好兄弟褚剛，因為參與過咱們的行動，知道咱們都是墨門中人，所以也想加入本門。」

任天翔沉吟道：「他們都值得信賴，如果能接受墨者戒律，我看可以考慮。」

季如風欣然道：「那好，我就向厲長老建言，收下他們這兩個新墨生。」

任天翔點點頭，眼中突然閃過一絲厲光：「在去范陽之前，咱們還有一件事要做。姜伯和顧心遠他們不能白死，我要先為義安堂清理門戶。」

季如風有些猶豫：「現在是非常時期，你剛從獄中出來，何不緩一緩再說？」

任天翔自信地笑道：「現在聖上要用我，所以就算我現在搞出點什麼事，他都不會干涉。明天咱們就開義堂，拜祖師，追查墨門奸細。」

季如風見任天翔心意已定，也就不再相勸，只道：「明日一早我就通知所有長老和眾墨士，定要為姜兄弟他們討個公道。」

義堂不常開，所以當幾位長老接到開義堂、拜祖師的通知之時，皆有些驚訝，不過幾名倖存的墨士卻是心知肚明，他們等這一天已經等了很久，早就想弄清楚顧心遠給義安堂留下的暗記，為何領來的卻是眾多摩門高手。

肅穆幽暗的義堂中，四名義安堂長老——蕭傲、厲不凡、季如風、歐陽顯，以及倖存的八名墨士，加上兩名新入門的墨者小川流雲和褚剛。眾人在鉅子任天翔率領下，拜過祖師墨子，然後分兩列跪坐兩旁。

任天翔作為鉅子率先道：「今天開義堂拜祖師，主要是有兩件事，一件是兩位新入門的墨者小川流雲和褚剛，拜祖師舉行入門儀式。」

厲不凡作為執法長老，立刻照儀式向二人宣讀墨者戒律，然後讓二人給祖師上香，從此便算是墨門弟子。二人因為參與過墨門的行動，而且表現出色，眾墨士對他們的加入皆無異議，所以他們的入門十分順利。

待入門儀式舉行完畢，任天翔這才繼續道：「這第二件事，是要請厲長老主持，追查本門中的奸細。」

厲不凡十分意外，皺眉道：「在這裏的都是本門最信得過的兄弟，哪來的奸細？」

任天翔微微嘆道：「我也希望咱們中間沒有奸細，但這次尋找墨家古卷的行動，有很多令人難以接受的事實，讓人不得不將之弄明白，不然眾多不幸身死的兄弟，尤其是顧心遠兄弟，在九泉之下也不能瞑目。」

厲不凡悚然動容：「究竟有何事實，能令鉅子如此鄭重？」

任天翔望向有些局促不安的蕭傲，淡淡道：

「顧兄弟臨死前說了一句話，蕭堂主暗中讓他在沿途留下路標，以便義安堂弟子可以隨後接應。但咱們沒有見到義安堂兄弟，卻陷入了摩門高手的重重包圍，姜長老和顧兄弟等人先後戰死，不知蕭堂主對此作何解釋？」

厲不凡十分驚訝，卻還有些將信將疑，就聽眾墨士紛紛作證，都聽到了顧心遠臨死前指證蕭堂主的這句話。厲不凡只得將目光轉向蕭傲，希望他能給出個合理的解釋。

蕭傲卻是咬著牙一言不發，似乎下定決心不開口。厲不凡只得親自問道：「不知顧心遠這話可曾屬實？還請蕭堂主給予證實。」

蕭傲默然半晌，終於澀聲道：「我沒有什麼事可交代，只有一句話，我決沒有將你們的行蹤洩露給摩門。我好歹也是墨家弟子，怎麼可能勾結摩門殺害自家兄弟？」

「但你還是將我們的行蹤洩露給了別人。」任天翔從蕭傲局促的表情以及他的話中猜到了他潛意識中想要掩飾的事實。他盯著蕭傲的眼眸一字一頓地問，「這個人是誰？」

蕭傲默然無語，目光不由自主望向了自己的腳，跟著又趕緊將目光轉開。不過這已經落入任天翔眼中，他立刻發現蕭傲腳上穿的是一雙薄底快靴，雖然已經很舊，但從上面繡著的花紋上，依然可以看出它曾經非常精美。那是一種市面上絕沒有見過的花紋，說明這雙靴子絕不是從店鋪裏買來的貨品。

是個女人！任天翔立刻做出了準確的判斷，並從那些針法精美多變上，想到那是一個精於女工的女人。跟著，他發現那些花紋樣式依稀有些熟悉，頓時面色大變，澀聲道：

「我知道那個人是誰了！」

「誰？」眾人齊聲問。

任天翔沒有回答，卻突然直奔門外。季如風忙示意兩名墨士隨他而去，而他自己則與厲不凡等人留在廳中，監視著一言不發的蕭傲。

任天翔徑直來到後院一座繡樓，那是妹妹任天琪出嫁前所住的房間。他示意兩個跟來的墨士砸開鎖，然後徑直闖了進去。

天琪雖然已經出嫁，但繡房還是原來的樣子，房中還保留著她一些舊衣物鞋帽。任天翔將一個衣櫃推倒在地，然後從一堆舊衣衫中翻出一雙舊鞋，那是妹妹幾年前穿的繡花鞋，上面的花紋針法證實了他的推測，鞋上的花紋針法跟蕭傲腳上那雙鞋一模一樣！

任天翔拿著鞋衝出繡樓，一路直奔內堂。

幾個丫鬟僕婦想要阻攔，卻都被他推開，他徑直來到內堂一座繡樓前，抓住一個丫鬟問：「夫人在哪裡？」

「我說誰這麼大膽，竟敢擅闖女眷所居的內堂，原來是任公子啊！」隨著一個軟膩膩的喝問，就見蕭倩玉已款款迎了出來。

任天翔第一次發現，雖然她的年紀已經過了一個女人最美的時候，但歲月似乎沒有在她臉上留下什麼痕跡，她依然光彩照人，甚至比少女更多了一層成熟的風韻。

「我在天琪房間找到了這個。」任天翔盯著她的眼睛，舉起手中那雙舊鞋，一字一頓道，「我想知道，這雙鞋是否出自蕭姨之手？」

蕭倩玉接過鞋子看了看，有些傷感道：「這還是天琪十二歲那年我親手縫製，只是我不做女工已經好多年了，你今天怎麼突然想起問這個？」

任天翔貌似隨意道：「因為今天我在另一個人的腳上，發現了類似的花紋和針法，我想知道，那是不是出自蕭姨之手？」

蕭倩玉碧綠的眼眸中突然閃過一絲慌亂，跟著若無其事地道：「任公子這樣問，究竟是什麼意思？」

任天翔逼近一步，淡淡道：「我想知道蕭堂主腳上那雙鞋，是否也是出自蕭姨之手？」

蕭倩玉鳳目一瞪，喝道：「蕭堂主是我堂兄，就算我送他一兩雙親手縫製的鞋子，那又有什麼稀奇？你這樣步步追問，究竟是何居心？」

任天翔淡淡笑道：「堂妹送堂兄親手縫製的靴子，本就有些不同尋常，而且，那雙靴子已經很舊很破，明顯是很多年前的舊物，蕭堂主卻還捨不得扔掉，更讓人感到奇怪。最重要的是，蕭堂主已承認，咱們泰山之行，顧心遠沿途留下的標記，他只告訴過蕭姨，不知蕭姨還有沒有印象？」

任天翔這話半真半假，尤其是蕭傲供出蕭倩玉的話，全是源自他從蕭傲眼神、他腳上的鞋、任天琪的舊鞋以及蕭倩玉眼神中那一絲慌亂等等這些線索得出的一個大膽推測。

就見蕭倩玉目光開始游離不定，據《心術》記載，那是普通人在心中秘密被揭穿時的本能反應。

「我不知道你在說什麼。」蕭倩玉的目光不自覺地偏向右方，這個細節立刻落入任天翔眼中，《心術》中有記載，那是普通人說謊時的自然反應。「什麼泰山之行，什麼路標？這跟我有什麼關係？」

「這跟你確實沒多大關係，」任天翔淡淡道，「它只是跟摩門有點關係。顧心遠將咱們的行蹤洩露給蕭堂主，蕭堂主再通過你將咱們的行蹤透露給摩門，現在蕭堂主已向厲長老認罪，只是他寧可伏罪受死，也不願供出你。如果你不承認，那他只好被當成摩門奸細被處死。」

看到蕭倩玉眼珠在急速轉動，那是心中惶然無助的表現。任天翔忍不住再逼近一步，繼續向她施加壓力：「蕭姨你要想清楚，再晚一點，蕭堂主就將身首異處。」

話音剛落，就見蕭倩玉身形一晃，一把扣住了任天翔咽喉。由於二人距離實在太近，兩名墨士雖已拔出兵刃指向蕭倩玉要害，但任天翔已先一步落入了她的掌握。就見她拔出匕首抵在任天翔咽喉，猶如困獸般喝道：

「快帶我去找蕭傲，不然我就殺了他！」

兩名墨士只得收起兵刃，將蕭倩玉帶到地下的義堂，墨門眾人一見之下都吃了一驚。蕭傲失聲問：「倩玉，你……你這是做什麼？」

蕭倩玉在眾人環伺下凜然不懼，嫣然笑道：

「既然事情敗露，我也就不必再隱瞞。不錯，我是摩門弟子，從接近蕭傲到嫁給任重遠都是肩負著秘密的使命，希望能將義安堂這股江湖勢力收歸光明神旗下。我不是蕭傲的堂妹，而是他的情人，雖然我接近他是另有所圖，但我這輩子真正愛過的人卻只有他一個，我要帶他走。如果你們還想要這小子的性命，就讓我們走，不然我就拼個魚死網破，用你們的鉅子來陪葬。」

眾人面面相覷，一時間還沒有從這突然的變故中反應過來。他們就算以最大的惡意來推測，也決計想不到蕭傲竟會將自己的情人當成堂妹介紹給老堂主，而這個女人竟然又是肩負秘密使命的摩門弟子。這樣的事也許只存在於說書人的故事之中，還從來沒人親眼見到過。

「這麼說來，任重遠的死，以及蕭傲坐上堂主之位，都不是偶然了？」寂靜中突聽有人悠然問，卻是蕭倩玉匕首下的任天翔。

「是又怎樣？」蕭倩玉一副豁出去的架勢，咯咯笑道，「任重遠既已娶我，卻又背著我與別的女人幽會。誰知那女人對他也是心懷叵測，竟然要在他酒中下藥，但卻又在最後關頭下不了手。正好我跟蹤任重遠暗中看到了這一切，於是便將計就計，在那酒中另外加了點東西。任重遠以為是他心愛的女人要殺他，卻不知是被他背叛的妻子。」

「於是你假傳任堂主的遺言，又拿出摩門秘存的義字璧殘片為信物，將蕭傲扶上了堂主之位？」季如風恍然追問。

「是又怎樣？」蕭倩玉哈哈大笑，「你這老狐狸自詡義安堂智囊，還不是被老娘玩弄於股掌。若非蕭傲對我癡心不改，將我十多年前送他的靴子還穿在腳上，你又怎會發現我跟他的真正關係？」

眾人既震驚又意外，一時無語以對。寂靜中，就聽任天翔含淚澀聲道：「謝謝，謝謝你告訴我這一切。」

「不用謝我，現在我要謝謝你。」蕭倩玉說著，將任天翔推到眾人面前，環顧眾人呵呵冷笑，「現在我就等你們一句話，是要將我和蕭傲留下，還是讓我們走？」

季如風與厲不凡等人交換了一個眼神，無奈對幾名守住大門的墨士擺手道：「讓他們走。」

眾人依言退開，為他們讓出一條去路。幾名監視蕭傲的墨士，也無奈收起兵刃讓開。

蕭倩玉嘴邊泛起勝利的微笑，放開任天翔道：「我知道墨者都是重然諾、輕生死的漢子，既然說讓咱們走，就決不會再出爾反爾。」她得意地對蕭傲招招手，「還不快跟我走？」

蕭傲卻沒有動，只用複雜的眼神望著蕭倩玉，澀聲問：「當年你說自己愛上了任堂主，要我將你介紹給他，原來並不是真心話，而是另有企圖？」

蕭倩玉眼中閃過一絲歉意，喟然嘆道：

「我當初接近你，原本只是為聖教的使命，正如我後來嫁給任重遠一樣。但是後來我卻是真正愛上了你，只是個人的感情大不過聖教的使命，所以我才狠心對你說我愛的是任重遠，要你將我作為你的妹妹介紹給他。我沒想到你竟會為我十年不娶，甚至還保留著十多年前我送你的舊靴。」

她的聲音突然有些哽咽起來，深情款款道，「蕭郎，前半生我辜負了你，但願我可以用後半生來補償。」

蕭傲深邃的眼窩中，兩串淚珠滾滾而下，他仰天一聲長嘆：「太晚了！我對你的感情雖然至今未變，但我是一個墨者，豈能再跟一個殺害墨門兄弟的凶手在一起？你走吧，我不會再跟你有任何關係。」

蕭倩玉身形一晃搖搖欲倒，她淒然笑問：「蕭郎，你真不願再給我一次機會？」

蕭傲背轉身去，喟然嘆道：「自從你嫁給任重遠後，咱們之間就再無可能。你走吧，今生今世，我都不想再看到你。」

蕭倩玉淚水奪眶而出，一咬牙：「好！我走！」說完奪門而去，再不回頭。

廳中寂靜一片，眾人的目光俱轉向了蕭傲。就見他轉向厲不凡，澀聲問：「背叛大義，殺害同門，按墨者戒律當如何處置？」

厲不凡略一遲疑，一字一頓道：「剖腹謝罪！」

蕭傲點點頭，在眾人注視下向墨子遺像跪倒，恭敬地拜了三拜，然後解開衣衫，裸露上身，跟著拔刀在手，對冥冥中的祖師叩首一拜，最後倒轉刀柄，雙手緊握插入自己腹部。

眾墨士肅然拔刀相敬，只有任天翔和剛入門的褚剛、小川三人，忍不住發出一聲輕呼。就見蕭傲佝僂著腰身，抬起頭吃力問道：

「我一生為義，捨生忘死，沒想到最終卻為權勢地位犯了墨者大戒，害死無數同門，不知現在我還算不算墨者？」

厲不凡冷厲的眼眸中第一次閃過一絲不忍，微微頷首道：「你既已剖腹謝罪，一切罪行便都一筆勾銷，你依然是墨者。」

蕭傲眼中閃過一絲欣慰的微笑，頷首道：「有厲長老這話，我就放心了。」話音未落，就見他毅然將刀往下一拉，徹底剖開了自己肚子……

眾人紛紛拜倒，不知是由誰先開始，眾人低聲相和，輕輕唱起了墨者的葬歌。

世有墨者兮，布衣陋食；
行走天下兮，扶危濟困；
路見不平兮，拔刀相助；
一諾千金兮，忠誠無貳；
英勇赴義兮，不畏生死；
命歸黃泉兮，魂歸天地；
身死百年兮，義存千古。
墨兮墨兮墨兮，天地之心；
魂兮魂兮魂兮，永世長存。
……

請續看《智梟》7 墨者之志

大唐秘梟 卷6 義璧重圓（原名：智梟）

作者：方白羽
發行人：陳曉林
出版所：風雲時代出版股份有限公司
地址：105台北市民生東路五段178號7樓之3
風雲書網：http://www.eastbooks.com.tw
官方部落格：http://eastbooks.pixnet.net/blog
Facebook：http://www.facebook.com/h7560949
信箱：h7560949@ms15.hinet.net
郵撥帳號：12043291
服務專線：(02)27560949
傳真專線：(02)27653799
執行主編：朱墨菲
美術編輯：許惠芳

法律顧問：永然法律事務所 李永然律師
北辰著作權事務所 蕭雄淋律師

版權授權：方白羽
初版換封：2016年12月

ISBN：978-986-352-384-0

總 經 銷：成信文化事業股份有限公司
地　　址：新北市新店區中正路四維巷二弄2號4樓
電　　話：(02)2219-2080

行政院新聞局局版台業字第3595號 營利事業統一編號22759935

定價：280元　特價：199元

國家圖書館出版品預行編目資料

大唐秘梟／方白羽著. -- 初版-- 臺北市：風雲時代，
2016.08 -- 冊；公分

ISBN 978-986-352-384-0（第6冊；平裝）

857.7　　105015223